中共杭州市萧山区靖江街道工作委员会

杭州市萧山区人民政府靖江街道办事处 编

靖江印记

JINGJIANG YINJI

浙江工商大学出版社

杭州

图书在版编目（CIP）数据

靖江印记／中共杭州市萧山区靖江街道工作委员会，杭

州市萧山区人民政府靖江街道办事处编. — 杭州：浙江

工商大学出版社，2023.5

ISBN 978-7-5178-5466-1

Ⅰ.①靖… Ⅱ.①中… ②杭… Ⅲ.①散文集—中国

—当代 Ⅳ.①I267

中国国家版本馆 CIP 数据核字（2023）第 071180 号

靖江印记
JINGJIANG YINJI

中共杭州市萧山区靖江街道工作委员会
杭州市萧山区人民政府靖江街道办事处 编

责任编辑	张晶晶
责任校对	林莉燕
特约编辑	李大军
封面设计	朱嘉怡
责任印制	包建辉
出版发行	浙江工商大学出版社
	（杭州市教工路 198 号　邮政编码 310012）
	（E-mail：zjgsupress@163.com）
	（网址：http://www.zjgsupress.com）
	电话：0571-88904980，88831806（传真）
排　　版	杭州尚俊文化艺术策划有限公司
印　　刷	杭州丰源印刷有限公司
开　　本	880 mm×1230 mm　1/32
印　　张	8.5
字　　数	183 千
版 印 次	2023 年 5 月第 1 版　2023 年 5 月第 1 次印刷
书　　号	ISBN 978-7-5178-5466-1
定　　价	68.00 元

目 录

岁月·记忆

未来·诗吟

岁月·记忆

一个会飞的地方

◎ 陈博君

　　每个地方都有自己的地标，或是一幢楼，或是一座塔，或是一座雕塑，虽然形态五花八门，代表的却是一个地方的精神文化形象。

　　在钱塘江南岸的萧山靖江街道，矗立在街道办事处门前广场上的，是一个非常与众不同、非常夺人眼球的地标物。那是一架飞机，一架货真价实的"运七"飞机。雪白的机身上，长长的蓝色线条画出一道跃跃欲试的醒目姿态；舒展的双翼间，一对同样耀眼的蓝色螺旋桨正开足马力准备升腾。远远望去，湛蓝的天空下，这架作为靖江街道地标物的飞机，与身后那幢服务着全街道人民的办公楼，构成了一幅寓意特殊的奇特景象，仿佛在无声地向人们展示和宣告：这是一个会飞的地方。

　　没错，地处杭州湾经济区的萧山靖江，的确是一个会飞的地方。这里紧靠萧山国际机场，与杭州空港融为一体，是国家级临空经济示范区的核心区和主阵地。尤为让人赞叹的是，这

里虽无特别悠久的历史，却在短短的几十年间，就从一片贫瘠的沙地崛起，成为国家卫生镇、全国小城镇综合改革试点镇、中国服装面料名镇、国家级生态镇（街）和浙江综合实力百强镇，实现了真正意义上的区域腾飞。

靖江之所以能够实现如此神速的飞跃，其内在的核心动力，首先应该是源自萧山沙地人特有的奋斗精神。作为钱塘江的入海口，远古时期这里是极为宽阔的水面。随着时光的流逝，江河泥沙在这里不断淤积，逐渐形成了大片的沙地。直到清末和民国时期，钱塘江下游两岸的许多农民因生活所迫，才陆续来到这片新土地上扎根。他们中既有钱江南岸的萧山人、绍兴人、上虞人和余姚人，也有北岸的海宁人。他们在沙地上开垦耕种，用勤劳的双手栽培络麻、萝卜、西瓜等对贫瘠土地具有极强适应性的经济作物，也将各自的习俗与文化不断交融到一起。因此，包括现今靖江在内的萧山沙地，是一片融合了大量外来人口的移民之地。这样的新兴之地，就像深圳那样，不仅具有极强的开放性和包容性，更具有超乎寻常的创业激情和拼搏精神。正是凭着这样的激情与精神，一个又一个冲天飞翔的奇迹在靖江这片土地上不断地诞生。

一个非常典型的例子，就是一只小小的蜜蜂在靖江上空振翅高飞，最终翱翔成为闻名于世的蜂业强企。那是半个世纪前的1972年，年方弱冠的靖江农村木匠洪德兴意外捕获了一箱本地的蜜蜂后，骨子里那股敢想敢干的冲劲就嗖嗖地冒了上来。怀着一种美好的希冀与憧憬，他把这箱蜜蜂养在了自家的竹园

中，开始从事养蜂生产。此后的十五年，洪德兴持之以恒地专注于他的养蜂事业，愣是将一群野蜂繁育成了一百五十多个蜂群。为了提高蜂群的蜂王浆产量，他还专程赶到位于天目群山之中的白沙村进行育种。1986年，国际蜂联主席R.波尔耐克先生在亲临萧山靖江，实地参观了洪德兴的养蜂场后，盛赞德兴蜂业是"东方养蜂的奇迹"。1993年，洪德兴荣膺第33届世界养蜂大会"中国优秀蜂农奖"，成为全国获此殊荣的六位蜂农之一。

如今，德兴蜂业，已成为国家级畜禽良种工程基地，其主打产品德兴堂牌蜂蜜已跻身"浙江省蜂产品十大名品"之列，吸引

了二十多个国际养蜂代表团前来考察，并与瑞士、德国、韩国、南非等国的蜂学界展开密切的合作。德兴蜂业成为蜜蜂育种技术领先全球的世界一流种蜂的繁育基地。

沙地人的拼闯精神当然不仅仅体现在一只腾飞的蜜蜂身上，而且早已渗透在每一个沙地人的血液之中。萧山文联的梁波兄在谈及沙地的时候，用一种敬佩的口吻告诉我们，早在计划经济时代，富有开创精神的沙地人就已经开始用自行车载客挣钱了。那时候的萧山沙地交通环境还很落后，不过不必担心，若你在沙地的乡间小道上孑然前行，很快就会有人骑着自行车在你身边停下，主动搭讪，问你要去哪里，并且热心地告诉你，只要一元钱他就能把你送到目的地。所以在沙地，千万不要小瞧任何一个人，哪怕一位很不起眼的乡下老太太，都很可能是一位百万富翁，因为沙地人时时刻刻都在为美好生活准备着、努力着。

确实，机遇总是留给有准备的人。1997年，杭州萧山国际机场落地萧山靖江，给这片充满活力的新兴之地又带来了千载难逢的发展机遇。一直蓄势待发的靖江，仿佛在一夜之间站到了巨人的肩膀上，真正蜕变成了一个会飞的地方。萧山国际机场的建成和启用，迅速带动了靖江航空总部、智慧物流、现代服务业等多元临空经济的快速崛起。纺织印染、针织服装、传动机械等传统的靖江产业也乘势而上。现代产业格局的日渐成形，为靖江经济的起飞铆足了后劲。

飞翔需要持续的动力。如果想要让一个地方永远保持凌空翱翔的状态，就必须着眼未来抓教育，持之以恒育新人，从源头上抓好可持续发展。漫步靖江，你会发现这种从小培养飞翔的精神，早已渗透到了方方面面。在靖港村文化礼堂的二楼，有一个约150平方米的飞机科普馆，这个小小的展馆虽然面积不大，意义却非同寻常。展馆通过模型、展板、视频和互动等多种形式，全面展示了民航的发展历史，尤其是几十架不同型号的飞机模型，在勾起孩子们浓厚兴趣的同时，也在他们心中悄然种下了一颗关于航空的种子。也许在未来的某一天，他们中就有人实现儿时关于"飞翔"的梦想。

　　靖江是一个年轻的街道，撤镇建街还是2009年8月的事情，所以在现有七个社区的基础上，仍保留着十个村的建制。这些村落都有各自的文化特色，而且非常重视从娃娃抓起的理念和润物细无声的做法。比如坐落在街道东侧的光明村就让人刮目相看。这个仅有四百来户农家的小村庄，不仅有一座弘扬"孝文化"的孝女湖，还有一个让孩子们流连忘返的动物园！漂亮的孔雀、洁白的鸽子、憨憨的香猪、萌萌的羊驼……十几种动物带给孩子们的不仅是新奇与欢乐，更是对生命的关注和爱心的培养。

　　和其他各地一样，靖江街道也有很多精心呵护着祖国花朵的幼儿园，这里的幼儿园与众不同之处在于：抬头可见在天空翱翔的飞机，到处洋溢的是空港文化，无时无刻不让你感受到一种"飞"的气息。譬如我们见到的靖江第二幼儿园，不仅拥有超一流的现代化与人性化硬件设施，而且采取了"飞地"般的合作模式，引入南京师范大学先进的幼教品牌与管理经验。功能齐备的生活区、建构区、语言区、数学区、阅读区、美工区、科学探索区，以及结合空港小镇特色设置的快乐创想吧、DIY生活派、靖童音乐吧、乐智科探馆、绘本悦读站，等等，

都让人不禁感叹，在这里从小放飞想象，是多么极致的体验。

黑格尔曾经说过，一个民族要有一些关注天空的人，他们才有希望。如鲜花般绽放在靖江土地上的这些特色科普馆、动物园和幼儿园，仿佛都在无声地告诉我们，它们正在致力去做的一件事，就是让代表着未来希望的下一代，努力去做懂得仰望天空的人。

靖江人还是实干家，在关注未来的同时，他们更注重当下的拼搏。茁壮成长的靖江临空产业，让人看到了另一种飞翔的希望：涉及智能制造、智慧物流和航空总部等多个领域的十大项目已在靖江全面开工，总投资近六十亿元；日均人流超万的空港新天地，聚集了上百个优质品牌，成为机场周边的时尚潮流商业中心；兴耀金帝启岸城、融信云尚澜天府等九个楼盘拔地而起，勾勒出靖江作为空港新城的美好明天。

靖江，就像一架满载着理想和希望的"运七"飞机，正以更加昂扬的姿态，朝着未来的天空展翅翱翔。

老　街

◎陈华胜

　　很多人说过，他们有时第一次到一个地方，却总觉得那地方很眼熟，奇怪之余当然也不知道是什么原因。

　　现在，我也体会到了这种感觉。我走着，沿着萧山靖江安澜桥边的那条老街。这里的一切似乎都似曾相识，石板与水泥斑驳相间的路面已经磨出一道道沟壑，像剁去了皮肉暴露出的筋骨，头顶上各种电线纠缠着理不出个头绪，蓝色的铁皮门牌下几乎所有的门都敞开着，门口照例坐着三两个闲聊着的老人，目光疲惫又苍老，室内一把吊扇哗哗哗地空转着，探头进去，家家户户的墙上无一例外地贴着伟人或美人的画像，当然还有通胜的年历，这倒是眼下的时令。我的心里几乎是期盼地在想，街的前头应该有一家理发店了。喧哗的声音果然从那里传出，几个闲人喷云吐雾，用含糊的方言争执着什么，老式的理发椅上一个面孔被白色的泡沫涂得几乎看不见了的老头正享受着剃刀边缘的快感，一块剃刀布在椅子边上晃荡着，头上的大吊扇

哗哗哗地转着……

很多年前，我就是从这么一条老街里走出来的，所以，这里的一切才会如此似曾相识。

这条老街是城市改造中唯一被保留的原生态样板了，跨过安澜桥，高楼与现代生活就扑面而来，唯独这里，时光似乎停留住了。

同行采风的作家朋友们无不兴奋，摸摸这扇油漆剥落的木门，踩踩窝在路边的那堆卵石，掏出手机拍下老人呆板的容貌，抑或是争着去抚摸挂在门上的一把生锈的铁锁，大家似乎都回到了从前。是的，我们都是从这样的老街里走出来的。

老街不长，二百米左右的道路很快就走完了。于是，就有感慨，就有争论。有的说应该保留一些这样的老街，让我们的记忆有一个地方留存；也有的说，生活在老街里毕竟是不方便的，你看这条老街上没有一个年轻人就是例证——说的也是，为了满足我们偶然兴起的怀旧情怀，难道就要牺牲他们的现代生活？这自然是一对矛盾，人因为有思想，所以就有矛盾。

老街里生活着的老人其实是不会有这种矛盾的，对他们来说，这里的一切都太过熟悉，熟悉到闭着眼睛都可以摸到回家的路。生活就这么静静地、不知不觉地在身边流淌，这就是岁月静好。

说到这里，想起了安澜桥的故事。这座建于清嘉庆年间的石板桥是靖江历史上保存最久远的一座古桥。据说，在造桥的时候，桥面怎么也合不拢。石匠们连夜拆了好几次，却始终差了一大截。后来，来了一位白发苍苍的老翁，他手里提着一只篮子，说只要把这只篮子放在桥头，就能合拢桥面。石匠们将信将疑地按老人说的做了，桥果然就顺利地合拢了。当地的老百姓就把这座桥起名为"安篮桥"，后来，恐怕又是哪个文人多事，将"安篮"改成了谐音的"安澜"。

篮子放上，一切平安。

文人多事，其实是多想无益的。幸福毕竟只是每个人各自的感觉，宁静地享受当下的生活就是一种幸福。你能说老人们头顶上哗哗转动的吊扇，就一定没有你的空调凉快？

靖江印象

◎袁长渭

　　小时候经常吃萧山萝卜干和腌菜，读高中住校时伴随着我们完成学业的也是这两个萧山名菜。山里产番薯，钱塘江沙地里种萝卜，靖江就在钱塘江边的沙地里。靖江人肯吃苦，屋前屋后有些许空地，他们就挖空心思种萝卜，萝卜可以晒成萝卜干，萝卜叶子可以腌制咸菜，它们都可以卖钱。

　　虽然从钱塘泗乡（之江地区）发开车到靖江需要一个小时，实际上就是从钱塘江的之字转弯处到下游江边而已，也就是一直沿着江边开。

　　说起钱塘江的之字转弯，几百年前的之字转弯是个大转弯。七十多年前还没有萧山和绍兴的围垦时，钱塘江从上游流进桐庐和富阳的叫富春江，流到钱塘县的叫钱塘江，在富阳和钱塘交界处转第一个弯，在钱塘和萧山交界处，即现在珊瑚沙水库和钱塘江一桥处转第二个弯，从钱塘江一桥往东江面越来越开阔。

　　潮水刚好相反，从下游喇叭口涌进来，经海宁和萧山美女坝之间，直奔钱塘泗乡，从前在定山，现在在九溪闸门处形成非常壮观的回头潮。

　　社会安定时，杭州城里人用闲心看钱塘江潮，苏东坡、白居易、柳永等还留下了许多著名的诗作，但沿江，特别是下游百姓却视潮水如猛虎，连江流主航道都在不断改变。可能我们根本没有想到，靖江这一片土地，大清朝早期还由对岸的海宁县管辖，直到江流改道，这一片土地才与萧山连在一起。这就是钱塘江三门变迁的故事。

　　根据钱塘江的流向过程，后人逐渐把这个过程分为了南大门、中小门、北大门三个时期。历史记载，秦汉时期，钱塘江入海口辽阔浩瀚，赭山、河庄山、岩门山等处皆在海里，简单点来说，就是北海塘以南，西江塘以西，都是钱塘江的海域入口。

　　南大门时期，坎山与赭山之间的钱塘江通道，因为在钱塘江南面，后人俗称南大门。这个时期从唐、宋开始到明末为止。钱塘江开始逐渐改道，南大门开始逐渐淤塞，钱塘江往北改道探索新的入河口。

　　中小门时期，江道位于禅机山与河庄山之间，由于南大门淤塞，同时向北淤涨，潮入中小门。

　　因南大门、中小门逐渐淤塞，钱塘江逐渐冲刷海宁南部沙地。朱定元在《海塘节略总序》中所述："康熙三十六年以前，水出中小门，康熙四十二年水势趋北，宁城以南桑田渐成沧海，康熙五十四年潮汐直通塘根。"北大门就是在清朝康熙年间形成的。到现在为止，北大门成为钱塘江的唯一通道。

　　靖江街道这一片土地就是在康熙后期从钱塘江里涨起来

的，萧山的民众前来沙地上开垦种植，安家落户。到了清嘉庆十八年（1813），靖江街道一带从海宁划归萧山。海宁管辖的时候，还是江道和沙洲，几乎没有人居住。后来，居住的都是萧山人，土地与萧山连接，划归萧山管辖，也就顺理成章了。

靖江街道这一块地方的产生，就是人与大自然斗争的结果。奔腾不息的钱塘江怒潮经常造成江堤坍塌，土地沦陷，民众流离失所。靖江这个名字代表着靖江人民以坚韧不拔的意志与潮水斗、与盐碱斗、与贫穷斗的精神。在百姓坚持不懈的努力下，逐步使这一片一穷二白的沙滩盐碱地变成了百姓安居乐业的家园。

靖江这个名字包含了百姓的期盼。百姓盼望着江水平静安宁，他们不受坍江之苦，盼望着一江春水，造福于民。早在清乾隆十五年（1750），靖江百姓为祈求平安，建起了靖江殿，殿内供奉的是萧山绍兴一带民众所信仰的钱塘江潮神——张夏，俗称"张老相公"。

北宋景祐年间（1034—1038），萧山人张夏以工部郎中出任两浙转运使。当时，浙江钱江海塘年久失修，百姓经常遭受坍塘毁家之苦。杭州和萧山的江塘原用木柴、泥土垫筑，不够牢固，难于抵御钱塘江潮水，经常被江潮冲毁，张夏首次发起将其改建为石塘。钱塘江两岸的石塘基本上是从张夏开始修筑的，清朝顾祖禹所著的《方舆纪要》中记载："转运使张夏置捍江兵，采石修塘，立为石堤十二里，塘始无患。"

张夏去世后，朝廷为嘉奖其治水功绩，追封其为宁江侯；宋嘉祐八年（1063）赠太常少卿；淳祐十一年（1251）封显公侯；咸淳四年（1268）敕封护塘堤侯；清雍正三年（1725）敕封静安公。靖江的地名与张夏有关，因殿而起。

　　靖江镇上有一座安澜桥。安澜桥，顾名思义，就是祈求波涛平静的意思。安澜桥是靖江街道历史最悠久、保存最完好的古桥之一，建于清嘉庆十九年（1814），也就是靖江划归萧山管辖的第二年。为方便靖江镇上河道两岸的百姓来往，镇上百姓自己筹集资金，请了石匠师傅造桥，但无法合拢。一天，一个白胡子老人提着一只篮子，颤颤巍巍地拄着拐杖观看造桥。造桥的石匠匀出自己的口粮给了饥饿的老人吃。老人吃了饭后，望着这些脸上布满愁云的石匠问，什么事情让他们为难，石匠们把桥合不拢的困难说了一遍。老人说："好心有好报，只要你们把这只篮子放在桥上，桥就自然合拢了。"石匠拿着老人的篮子往桥上一放，桥真的合拢了。此时，白胡子老人突然不见了。

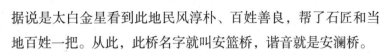

据说是太白金星看到此地民风淳朴、百姓善良，帮了石匠和当地百姓一把。从此，此桥名字就叫安篮桥，谐音就是安澜桥。

近五六十年来，靖江离钱塘江江岸线越来越远，老百姓直接遭受江潮之苦早已成为过去。特别是改革开放以来，萧山机场就建在靖江附近，勤劳的靖江人民，建起了空港小镇，屋前屋后，花园和菜园结合在一起，美丽乡村建设正在结出丰硕的果实。卖萝卜干和咸菜的日子早已成为过去，靖江人民的生活越过越精彩。

甘露水与天青色：靖江素描

◎安　峰

　　甲鱼馆的包厢门慢慢挪开了，先是一只硕大的白色盘子，托着一团氤氲的热气，进门来，热气略散，只见盘中酣睡的"龚老汉"，扯了几片鲜红火腿盖在身上，迫不及待地向我们奔来，待我们品尝。"龚老汉"不是老汉，它只是一只老甲鱼。

　　小玉，能够把甲鱼挂上老汉标签，让它以"龚老汉"之名闯荡江湖，这是惹人遐想的举止吧？早年间我看到这个名字时，想起荷锄晚归的老农，想起灌浆饱满的稻穗，还有夜晚河边的流萤。在第一次吃到它以前，在甲鱼前肢的脚指甲划过舌尖的时候，我已经把它人格化了。那种舌尖上酥酥麻麻的摩擦感，牵连着诗意的联想，丝丝缕缕，牵扯不断。

　　不过我在"龚老汉"老家了解到的事实，与我那些纯粹的诗意联想，并不是一回事儿，而是隔岸相望的。"龚老汉"的养殖人，确实姓龚，他执意在户外高价养殖甲鱼，虽说价高质优，无奈众人并不买账，眼看他要血本无归，有人写文感叹《龚老汉的七万只甲鱼爬向何方？》。这标题，有凄楚有迷茫，有无助有伤感。在龚老板挣扎着渡过这个难关之后，江湖上却有了让他哭笑不得的传闻，说是萧山有个龚老汉，养甲鱼特别牛。龚老板灵机一动，他索性移花接木，用"龚老汉"的名号，去捧红那些价格不菲的甲鱼。他把"龚老汉"注册成商标，为一只只甲鱼挂上了"龚老汉"的标牌。

小玉，在我们食指大动之时，那些实实在在的奇闻异事，和那些有时不着边际的诗意的联想，皆能为食物锦上添花吧？

你那年去靖江，她还名为甘露公社。甘露公社，真的有甘露，甘露就是当地的井水，来自当地的汤锅井里。你问萧山奶奶，汤锅井为什么叫汤锅井呀？是有一位白胡子老爷爷藏在井下，烧这口汤锅吗？为什么汤锅烧了半天，水还是凉凉的呢？啊，你的问题真多啊！萧山奶奶都不知道怎么回答你了。

从萧山回来，你最令人震惊的发现是这样的："大家好！我喝到了这辈子喝过的最甜的井水。"

大家听了你的大声宣布后，都大吃一惊："我问你，你高寿啊？你这辈子喝过多少井水呀？"

你振振有词："我高寿七岁，我喝过的井水，都超过一百壶了。甘露公社的井水，就是我这辈子喝过的最甜的水！"

你鼻孔朝天，两手叉腰的模样，让院子里的孙奶奶停止了嚼豆腐乳，她抽动肩膀，笑着，忽然她捂住了嘴巴，因为她生怕嘴巴里的假牙掉出来。而蹲在地上，正在为外墙抹泥灰的洪伯伯，笑得一屁股坐在地上，泥瓦刀也掉在了地上。

今年我路过靖江，发现靖江还有一个村子，保留着"甘露"的名字，我来到此地，为你寻访了一回"汤锅井"。天上下着蒙蒙细雨，走了一圈，我虽然没有亲眼见到实物，但我从村里大姐的口中，多少弄明白了那口汤锅井的来历。它是萧山沙地这个特殊环境下的特殊产物。第一口沙地汤锅井，是1978年由甘露公社卫生院打出的，因为它是水泥结构，形似汤锅，所以才叫汤锅井。它出水量丰沛，水质清冽，造价也便宜，挖一口井只要三十块钱，所以在多次改造以后，就在沙地百姓当中推广了。

当年你忽闪着大眼睛，急于想弄明白，井下有没有藏着烧井的白胡子老爷爷。萧山奶奶没有直接回答你这个问题，只是让你趴在井圈上，仔细看看井下有没有白胡子老爷爷。看了半天，你忽然大叫，看，月亮掉到井里啦！这对你来说，几乎是一个重大发现。白天，你最喜欢去的，是正在开花的络麻地。沙地上的络麻，开出的花朵是黄得发白的，是喇叭状的，花瓣会互相交叠，随风摇曳，那香味，似有似无。

沙地上的络麻，都是成片种植的。它是草本韧皮纤维作物，可以制作麻袋，可以织成麻布，还可以搓成麻绳。络麻的叶子可以喂猪。剥络麻的时节，你想用耙子帮大人翻晒络麻叶。萧山奶奶家的孙女小红大你两岁，和你成了好朋友，她说收络麻很苦嘞！络麻收割以后，麻秆儿可以当柴烧，也可以扎成竖列，糊上报纸，当作屏风。女孩子喜欢玩儿的，是拿个麻秆当钻头，到滑涂涂的软泥地里，去一个个钻洞，谁钻得深，谁就赢啦。如果事先定好规则，比如说五局三胜、七局四胜甚至九局五胜，就可以进行钻洞比赛，赢的人，可以赢得蝴蝶结、水彩笔，甚至是崭新得让人目眩神迷的红、黄、绿三色圆珠笔。

可是等不到络麻收割季的到来，你就回城了，就要去读小学了。和萧山奶奶，还有小红这些小伙伴儿告别时，你依依不舍，甚至流下了眼泪。回来之后，你问过我，白胡子老爷爷有没有在井下做什么功课呀？我比你大不了几岁，当年听着你这位邻家小妹天真的发问，我搔搔头皮，没有回答。不过，看你一脸神往，神往里还掺着敬畏，我就知道了，你对于那里的记忆，是和甜井水、白胡子，还有沙地上摇曳的络麻花混为一谈了。但，我们终将长大，我们越来越大。我现在明白，你后来喜欢王小波那句话，而且那么文艺范儿，不是没有缘由的。王小波说，一个人只拥有此生此世是不够的，他还应该拥有诗意的世界。小玉，我们后来能够心意相通，成为好友，也是因为我们心底，都埋有一粒诗意的种子吧。萧山靖江，也为你的种子洒下了甘露吧？

　　而在靖江的餐桌上，我又从"龚老汉"的裙边上，读出了一种烟雨洇染后的天青色。"天青色等烟雨"，那种颜色，是瓷器当中的珍秘之色。那块裙边朝天时的天青色，是真实不虚的，几乎像软化的丰腴的瓷器开片一样。我几乎不忍下筷了。哦，小玉，这也是你曾经说过的吧，只要处处留心，生活总是诗意盎然的。待你从异国他乡归来，我一定用这一份天青色，配上一壶老酒，与你相会。

　　这正是：

　　　　　　　可叹甘露水，
　　　　　　　曾遇知音人。
　　　　　　　我有天青色，
　　　　　　　可以慰风尘。

沙地的造蜜人

◎陈曼冬

在杭州人眼里，萧山很富裕，面积大，村落也多。从杭州市区驱车到靖江，大约一个小时。到达的时候是傍晚，看惯了城里鳞次栉比的高楼，靖江的晚霞显得格外迷人。我虽然是第一次来到靖江，但是对于靖江的德兴蜂业并不陌生，尤其对德兴蜂业2018年建立的德兴蜂业中医诊所，更是早有耳闻。

蜂疗是一种常用的中医外治方法，是利用蜜蜂及蜂产品内服外用对人体进行医疗保健的一种自然生物疗法。蜂针疗法专指以蜜蜂尾针为针具循经取穴蜇刺的疗法，也称中医蜂疗。中医外治法，有着悠久的历史。尽管其起源已经很难考证，但是从文献记载、出土文物以及社会发展规律中分析，依旧可以追溯到远古时代。

远古时代在外劳作的人经常会因为天气的变化受风寒，以致发热、头痛、畏寒，以及浑身酸痛等。如果怕冷，就会自然而然地靠近温暖的物体，或者生火取暖。有些寒凉导致的疾病经火热之气烘烤后，人会周身出汗，病很快就好了。野外生存觅食过程中，免不了发生从高处坠落受伤或者受蚊叮虫咬甚至被猛兽咬伤的情况，这时可以用一些民间土法，将树皮、草茎捣烂或嚼碎后涂在伤口上，这对减轻伤口的疼痛，加快伤口的愈合也有着一定的作用。腰酸背痛时，用石块或者树枝轻叩、拍打或者揉、按、摸、掐等，也有缓解症状的功效。这些由劳动人民在生产生活中自发形成、完成的诊疗措施，事实上可以看作中医外治法最初的萌芽。从这个意义上来讲，中医外治是远远早于内治的。

中医蜂疗在拥有古老文明的中华大地上已有几千年的历史和确凿的临床疗效，并随着古代人类的迁徙和不同人类种族的交往而传播至世界各地。

德兴蜂业创始人洪德兴的父亲的木匠手艺当年远近闻名，洪德兴跟着父亲学了一门木工的好手艺，现在靖江靖东村一些老宅里，还有他们做的箱箱柜柜呢。1972年，邻近的瓜沥镇集体蜂场进行蜜蜂转场时，在洪德兴老家后面的竹林子里遗落了

一个大蜂团。年仅二十岁的洪德兴凭着自己的手艺做了一个蜂箱，抓来了这个大蜂团里的蜂王，引来了林子里一些没来得及被蜂农转场的蜜蜂。由此，便开始了与小蜜蜂的一段缘分。

不过养蜜蜂，在当时那个时代是本分的农家人不屑做的事。那个时代除了种田，也就只有木工、水泥工是人们眼中的正经活儿了。四邻八乡还没有谁靠养蜜蜂养家糊口。看到儿子把蜜蜂当成宝贝，把精力都放在侍弄那箱小精灵上而影响了木工的活计，父亲担心儿子毁了手艺，劝阻洪德兴不要不务正业，有几次还差点把蜂箱掀翻。"就是要养蜂，我一定要弄出个样儿来给你们看。"抱着这个想法，年轻的洪德兴把自己的木工家伙堆在自家院子里，点了一把大火，烧了个干净。从那时开始，下定决心的洪德兴开始了他的养蜂生涯。

1974年，这个对蜜蜂着迷的小伙子已经把一箱蜜蜂发展成了十箱。蜂王浆自家人吃不完，听说杭州胡庆余堂在收购，洪带着一瓶自产的蜂王浆就去了。当洪德兴回来的时候，全村的人都震惊了：一斤蜂王浆竟换回了六十元钱！1978年，中央提出了农村联产承包责任制，谁有多大本事，就可以去赚多大的钞票。洪德兴把这一年当作他养蜂事业真正发展的起点。这个没有任何束缚的沙地小伙开始施展自己的人生抱负。付出总有回报，小蜜蜂让这个沙地小伙越做越起劲。

养蜂也是技术性要求很高的行业，光有常识还远远不够。那个年代，由于接触到的一些养蜂老师傅都很保守，洪德兴只能靠自己钻研养蜂知识。白天与蜂为伴，晚上一遍遍地看买来的养蜂书籍，只读过半年初中的洪德兴，脑子里装满了养蜂知识。功夫不负有心人，经过孜孜不倦的钻研和实践，他的养蜂经验甚至引起了许多国内外知名高校的教授、专家的关注。1986年，国际蜂联主席、法国养蜂研究所所长R.波尔耐克先生亲临萧山靖江洪德兴的养蜂场考察，称洪德兴培育的萧山浆蜂是"东方养蜂的奇迹"。

洪德兴培育的种蜂——萧山金蜂王的品质远优于意大利蜂种等世界名蜂，而被全国蜂农采用。在第33届世界养蜂大会上，洪德兴荣膺国际蜂联授予的"中国优秀蜂农"奖，获此殊荣的，全国仅六位。德兴蜂业不仅自主研究育成了萧山浆蜂，还制定了全国第一个蜜蜂育种操作规程和萧山浆蜂饲养管理成套技术。

2003年9月，洪德兴成立了德兴蜂业公司。

从一箱捡来的蜜蜂起步，洪德兴已把小蜜蜂发展成了大事业。德兴蜂业如今已是集蜂种繁育推广、蜜蜂饲养、蜂品精深加工、蜂业技术服务、国际贸易为一体的区农业龙头企业。

2005年，洪德兴的女儿洪燕正式接过父亲的"接力棒"。公司诚信经营，创新发展，以全国蜂农高产增收为己任，不断提高蜂种和蜂产品质量和服务水平，在全国养蜂界享有很高的知名度和美誉度。洪燕起草编写了洪德兴的养蜂育种实践技术，参与制定了萧山浆蜂育种的区级、市级地方标准和省级《浙江浆蜂饲养管理技术规范》，自主创新的养蜂育种技术三次作为国家级星火计划项目向全国推广。

2018年，她又积极探索中医蜂疗，成立了德兴蜂业中医诊所，开启中医蜂疗事业，力争将此建成一个杭州市内领先的中医蜂疗专科。

诊所的专家介绍，蜂毒的主要成分有蛋白质、多肽类、酶类、生物胺、蚁酸、盐酸、磷脂酶A、透明质酸酶、胆碱、多巴胺和组胺等。蜂针蜇刺给人体经络以机械刺激，在皮内自动注入适量蜂毒具有药理作用，继发局部潮红充血兼具温灸效应，所以蜂针疗法是针、药、灸三结合的疗法。目前，蜂针疗法主治病种有风湿、类风湿性关节炎、强直性脊柱炎、硬皮病、干燥综合征、多发性硬化、过敏性鼻炎、过敏性哮喘、面瘫、神经性皮炎、带状疱疹、胆结石、癌症等一百余种。

一般来说，蜂针疗法分三种：

直刺法：将活蜂蜇针直接刺入穴位后把活蜂体取走，蜂针留在皮肤上约十五分钟后拔出。

点刺法：同直刺法，留针半分钟至一分钟即拔出。

散刺法：趁活蜂尾部蜇针伸出时，用医用镊子夹住蜇针的中部将其拔出，以每隔一秒钟的速度蜇刺经络皮部，随即拔出，一针可刺三至十个点或穴位。

当然，无论采取哪种蜂针疗法，都必须由专业蜂疗师操作，而且要经过过敏测试。

每每讲起自己的创业史，洪德兴总是不无感慨："没有改革开放，没有邓小平，哪能有我洪德兴今天的样子。"对于晚辈，洪德兴认为他们比自己幸运，因为他们赶上了这个好时代。

蜜蜂采蜜、酿蜜，一生都在勤勤恳恳地工作，从未有过片刻的怠惰。而养蜂人，与蜜蜂也不无相通之处，他们不辞艰苦、辛勤劳作，在汗水中享受着"造蜜"的过程。吃得苦中苦，方为人上人。靖江的沙地人，就是用这种"勇立潮头、敢为人先、自强不息"的沙地精神创造了自己美好的生活。

靖江行，见共富

◎骆　烨

萧山是个好地方，我差不多每年都要去一两趟，但萧山的靖江还是第一回来。

疫情以来，很多采风、笔会等活动，几乎都没有了。这次由萧山区作协主席俞梁波老师组织的创作采风，也是我这两年多来，第一次参加的活动。

萧山自古以来就是个文豪辈出、耕读传家、经济富足之地。文化气息浓厚之地，往往会吸引许多文人墨客来访。

这里出了浙江省历史上第一个状元、唐代大诗人贺知章。一首《回乡偶书》，更是传诵千年的经典名作，"儿童相见不相识，笑问客从何处来"是中国少儿启蒙时期，朗朗上口的必背诗歌。

同时，萧山也是我最崇拜的民国历史小说家蔡东藩的家乡，"一代史家，千秋神笔"，蔡先生用十年的心血，写成洋洋洒洒六百余万字，把中国两千多年的历史，用演义故事展现在了读者面前。

　　每次到萧山，我总是能感受到浓厚的文化气息。不过，参加这次创作采风活动，也是想来会会两三年没有见的老朋友。然而到了靖江，我被这里淳朴、热情的民风，以及靖江人勤劳致富的创业史吸引住了。

　　靖江地处萧山国际机场边上。我们第一站参观的便是靖江飞机广场，近距离接触了"运七"飞机。"运七"是周恩来总理批准，中国第一代自行设计制造的机型。现在它虽然静静地停在那里，却是靖江永久性的标志。

　　随即我们又来到了靖江书房，这里是靖江人的精神粮仓，进去后甚是安静，学习的、看书的，读者还真不少，都各自认真着，互不干扰，显示出了靖江人民的高素质。据说这里还是靖江的网红打卡新地标，定期会举办各类活动。

　　在靖江，似乎只要老百姓愿意，随处都可以找到一处读书、休闲之地，就说靖安社区文化家园，它为年纪大的居民们提供了充足的场地，环境优雅，老有所乐，一派祥和的景象。

　　靖江人的文化生活如此丰富，这背后离不开当地的经济实力，而这繁荣的经济，当然还得归功于靖江人的勤劳和聪明。

　　早在来靖江前，就已经听说过"德兴蜂业"这个品牌，这一回终于有幸参观。德兴蜂业创始于1972年，至今已整整五十个年头。

　　半个世纪，可谓见证了中国经济、社会的大发展。这样悠久的养蜂历史，在全世界都实属罕见。创始人洪德兴获得过"中国优秀蜂农奖"，名头享誉中外蜂业界。德兴公司院落里的果树还是他亲手嫁接培植的，七十岁的老人家，身体矫健、思维敏

捷，看来这位养蜂人必然会是一个长寿老人。

养蜂致富只是靖江经济发展中的一例，却已窥探出了靖江人的内在本质。

六月初的天气，就算是到了黄昏时分，还是热浪滚滚。暑气虽重，却挡不住作家们采风的步伐。我们转而到了建于清嘉庆十九年（1814）的安澜桥，这座桥是靖江历史上保存最久远的老桥，距今已有两百多年的历史。

据说在安澜桥造好之前，这里的人需要摆渡才能过河。桥造好后，一下子方便了附近的乡里乡亲，使得周边商贸也繁荣起来，人们纷纷过来赶集。

从老街出来后，我们漫步到街市上。嚯，这里还是非常热闹的，小商小贩遍布街道两边。自从疫情以来，好像很少看到这样带有烟火气息的人间盛况了。

靖江行，无论是在静谧的读书之处，还是在民营企业家的公司里，又或者是在热闹的小镇集市上，青少年、中年人、老年人，三代人，他们都热情洋溢地生活着，随处都能感受到满满的、蓬勃向上的力量，不得不说，这是个物质文明和精神文明都富裕的好地方。靖江在浙江的版图上，是一块很小的地方，但靖江人代表着浙江人勇立潮头、敢为人先的精神面貌。

要说靖江的共同富裕密码是什么，唯有一个字：勤。

确实是天道酬勤。勤劳的靖江人已经率先共同富裕，他们代表着萧山，代表着杭州，甚至代表着浙江，或许会成为全国共同富裕的模范。

小小靖港村，大大新农村

◎方晓阳

2022年6月的一天上午，省市作家萧山靖江采风创作团在萧山区文联、萧山区靖江街道的同志的陪同下，驱车来到了靖江街道靖港村村委会所在的靖港家园。尽管这些年也参观过不少新农村建设的样板，但当车辆驶入靖港家园时，这里还是给我带来耳目一新的感觉。

现代化的车辆和人员进出道闸，整洁的小区柏油道路两旁是高标准建设的篮球场和一幢幢规划整齐的三层农居房。整洁美丽的村容村貌，让我们这些生活在熙熙攘攘的城市的人难免感慨，人来人往，谧境难寻，不免向往景美幽静的居所，让人想着能小隐于野，回归自然。

在村委会大楼前的停车场，遇到了前来迎接我们的靖港村党委书记边建芳。边建芳书记首先给大家介绍了靖港村的基本情况。靖港村是2005年由靖江街道原胜联、山前两个村合并组建的，是杭州萧山国际机场的东大门，空港管委会所在地，区位优势比较明显。全村有二十三个村民小组，七百六十五家农户，户籍人口三千三百三十三人，而受周边机场、电商等机构的辐射，外来人口也有三千余人。在只有约一平方公里的土地上，近年来村里紧紧抓住邻近空港的优势，推出了"临空之窗，六善靖港"的管理模式，实现了党建强、社会稳定、村民幸福指数高。"尤其是农村电商与快递物流的协同发展，为村民们带来真正的实惠。一方面，网购的村民越来越多，大量来自全国各地的包裹进入农村，另一方面，农村电商的发展开始进入'黄金期'，靖港利用临近空港的地理优势，各类商品走出农村，销往全国。这就大大促进了农村快递物流的发展。实现'互联网＋农村物流'的完美结合。"在边书记的介绍中，我们走进了村委会对面宽敞的靖港村文化礼堂。

靖港村文化礼堂建成于2020年7月，占地约一千平方米，东临村史村情百米文化长廊，西近靖港村法治公园。一楼为

七百多平方米的多媒体会堂，墙上贴着靖港村的村民公约，靠窗两边整齐地摆放着靖港村里重大活动的展示牌，而吸引我视线的是会堂后面墙上的三排大字：同人民一起奋斗，青春才能亮丽；同人民一起前进，青春才能昂扬；同人民一起梦想，青春才能无悔。墙上还张贴着靖港村新时代文明实践站的工作职责、志愿者服务清单、平台架构图和志愿者工作制度。文化礼堂二楼设有飞机科普馆、图书阅览室、书画园地、靖港村史馆等。自文化礼堂建成以来，村里经常开展"送戏下乡""文化走亲"等演出，开展中华文化传统节日活动等。村民利用闲暇时光到文化礼堂来下棋、练习书法、作画，一起探讨交流。在发展村经济的同时，村里也非常重视精神文明建设，多年坚持对村里考上本科的大学生和优秀中小学生进行奖励、组织评选"美德家庭"活动等。

沿着台阶而上，在楼道墙上"空港小镇，临空启航"的主题标语下是全世界六十余家航空公司的机尾标志照片，它把我们带入了靖江街道飞机科普馆。飞机科普馆是由靖江街道和民建萧山区基层委、区科协合作共建的，总面积150余平方米，是以民航飞机为核心要素的开放型自然科学、社会科学普及主题展馆，设有民航飞机科普知识展区、飞机模型展区和飞机体验活动区三个展示区域，通过展板、模型、互动、视频等多种形式，全方位、多角度展示民航飞机发展史、飞机发展史上的著名人物、飞机飞行原理、航空前沿科技等热点知识，向社会大众普及航空领域相关知识，更是注重培养青少年对航空科学的兴趣。仅2021年就接待了十三批次，四百余人次，被众多新闻媒体所报道。应该说在村一级中能有如此完善的特色展馆，还

是令人比较震撼的。

走在凉爽的百米文化长廊中，听着边书记对村史、村情娓娓道来。边书记介绍村里的情况时用的是最朴实的语言，没有华丽的辞藻和只言片语的啰唆，这让我对这位村里的带头人产生了兴趣。看似精瘦的身材从骨子里就透露出干练，一谈起工作能明显感觉到他激情澎湃，从内到外透着一股干事的闯劲。

从街道领导的介绍中得知，边书记已经在村书记的岗位上工作了三十二年，深得村民们的认可。也正是他和靖港村党委、村委会领导集体一起抢抓机遇、开拓创新艰苦创业，村级经济才能持续健康发展。在社会主义新农村建设过程中，结合卫生环境整治，绿化村、示范村建设，积极改善公共设施条件，着力美化、绿化环境，综合环境日趋完善，村民生活水平显著提高，村领导集体抓好"关键小事"，办好民生大事，积极推进垃圾分类、天然气入户、美丽村庄建设等民生实事工程，村级经济发展势头良好。

拆除违章、河道治理、垃圾分类、村风文明建设……边书记掰着指头一算，每一项工作都不轻松，每一项工作又都跟自己有关，说起来真是感慨万千。为了将这些工作落到实处，边书记经常是天刚亮就出门，深更半夜才回家。无论是炎炎夏日，还是严寒冬日，只要是为了村里的事情，他就不辞辛苦，奔走在家家户户间，一户一户去做思想工作，一家一家去定方案、督促施工。村干部就是靠着这样的务实精神，得到了村民们的高度认可和上级有关部门的充分肯定。对文明和谐的村风民风以及民主促民生的治村理念给予了高度评价。也正是这样一步一步地走来，靖港村才有了今天的发展成就。

离开靖港村村委会，回头看着"靖港家园"几个大字，深深感受到，正是在边建芳书记这样村干部的带领下，全村上下齐心协力，依托临空优势，服务临空产业，做强临空经济，不断探索发扬在美丽乡村建设中好的经验和好的做法，不断壮大村级集体经济，进一步做美村庄环境，建设新农村、培育新农民、发展新农业、大力推进乡村振兴，建设自己的美好家园。

靖江见闻

◎沈 荣

　　2022年6月18日，天气难得好转，更难能可贵的是纠缠杭城许久的疫情也渐渐平复，常态化管理的方式让人出行有了一丝安全。

　　应萧山梁波兄的邀请到靖江采风。我是开车从市区出发的。由于机场快速路的开通，到靖江的路就显得特别便捷。一到靖江，扑面而来的就是空港感觉。印象最深的是，在一处大道两边，有依稀是飞机却拗成了迎客侍者的形象，做着欢迎的姿势，头顶的大螺旋桨特别有喜感，配上天空中清晰可见的下降客机，靖江的特殊感迎面而来。

　　梁波兄是一个热心的人，一到酒店就塞给了我一本册子，上面详细记载着靖江的历史沿革和各种传说，也让我这次采风有一个前置了解。

　　靖江位于萧山区东北部，从《越绝书》开始就有记载，原

来是江道，淤塞后成了广袤的沙地。萧山、绍兴的"塘内人家"逐渐移居于此。由于土地贫瘠，移居此处的多半不是富庶人家。贫苦移民所住的多半是草舍，有着"独家烟囱""独家言村"的说法，透露出一种孤独、无助的味道。

也正是这种贫穷，磨砺了靖江人思变、勤劳的性格。梁波兄还特别介绍了，改革开放初，靖江人骑着三八大杠（自行车），在路边等候，收一毛两毛，带客人去目的地，这成为最早的人力出租自行车。这种思维，让我叹为观止，也对靖江人的聪明产生了由衷的佩服。

靖江人有智慧，就算是养蜜蜂，也有独到之处。采风的第一站就是德兴蜂业。1972年，时年二十岁的靖江人洪德兴收捕了一箱本地蜂后，就开始了养蜂生产业务。这一年的大事，就是美国总统尼克松访华，标志着中国的发展路线到了一个重要的节点。一个普通萧山农民，能够在那个时间点上做出如此选择，也是有着其独特的智慧的。

如果是单纯的蜂蜜可能还不能让我惊异，德兴蜂业还开发了独特的蜂疗，以蜜蜂尾针为针循经取穴蜇刺，这种将传统医学和现代生物科学结合的办法足见靖江人与时俱进、不循规守旧的思想内核。

不过靖江人也有其传统的一面。相传清嘉庆年间，坎山一农户到东沙种地，路遇菩萨，就建了庵堂，名曰太平庵，主要供奉的是娘娘菩萨和观音菩萨。1993年，受中国台湾同胞陆氏兄弟及社会各界捐助，太平庵得以重建。2019年6月，"太平庵"修建，据说开工之时，已连续下了二十多天雨的天气突然转晴，在建设过程中也平平安安。2021年1月竣工时，上午九点佛事开始时，天气居然转晴，太阳光普照进大殿。

虽然中间有点神奇，但是从中也能显示出靖江人求善求美的心。走进太平庵，也看得出寺庙的庄严。各处更是贴着一些劝人求善的标语，有一种让人心境平和的肃穆，完全可以视为宗教与社会主义社会相适应的一个典范。

靖江之行虽不长，却让我充分感受到萧山人的勤劳、聪慧，也让我感受到当年在一片沙地上树立起一座城市的艰辛。

靖江人，好样的！

我的乡村小学（外一篇）

◎ 陆亚芳

一

楚良老师赠我一本他的新作《我的乡村小学》。古朴又富有
乡村气息的封面设计，让我不由得忆起了自己的乡村小学——
靖江靖东小学（后被并入靖江一小）。

那是20世纪80年代初，一个大热天的午后，我背了个空荡
荡的旧书包，光着脚板，怀着几近绝望的心情跟随读四年级的
姐姐往大队小学里走。半个小时前，被母亲带去池塘边洗手脸
的时候，听见她跟邻居们打招呼道：太野了，还是送到学堂里
去关起来好，反正迟早都要送去关的。刚刚还对完全新鲜的陌
生校园生活充满美好遐想的我，却因她的一个"关"字，心里
一下子生出了许多恐惧。

走了三四里地，终于来到一排瓦屋前。姐姐叩开了最西面
的一间屋子的门，那门显然已经修过好几次，补钉上去的木板

层层叠叠，颜色不一，下半扇处却仍留着个脑袋大的洞。门开了，一个面容白皙、五官看起来很舒服的大姑娘出现在门口，姐姐叫了声"魏老师"，把我推到她面前。我不知所措地看看老师，又看看别的地方，就惊讶地发现她背后有许多跟我差不多大的小孩，像一棵棵晒在冬日下的大白菜一样，老老实实地躺在一排排桌凳上。

跟着魏老师走到最后一排的一个空位旁，那里只有一张桌子。她把我抱上桌，让我也跟其他小孩一样躺下睡觉。又听见她低低地嘱咐我姐姐：明天来上学的时候，自己带条凳子过来。

闭上眼睛，姐姐的脚步声渐渐远离，而魏老师越来越近，她越往门口走近一步，我心里的绝望就越多一分，终于听见门

古怪地响了一声，便知道自己是真正陷入孤立无援的境地了。一只大花蚊子在我的耳朵边嗡嗡嗡地叫着，它还没有正式着陆，我浑身就已经开始一阵阵地发痒，却又不敢动弹，一动，桌子下面的四条腿即会热烈欢快地舞蹈起来。不晓得这样忍了多长时间，外面终于传来了铛铛的金属敲击声，教室里顿时响起一阵欢快的咯吱咯吱声。有人拉拉我的小辫子，兴奋地叫道：下课啦——下课啦——

下到地上，站在湿凉的泥地里，看到别人都有凳子坐，我又不知所措。这个附设在小学里的幼儿班是一年前刚办起来的。哥哥和姐姐上学的时候还没有，所以家里人都不知道上幼儿班，凳子是要自带的。魏老师让旁边座位上的两个同学给我"拼一

拼"。这是对堂姊妹，一样的矮而胖，姐姐脸生得白，可是眼皮很厚，看起来有些凶相。长条凳是她带来的，三个人坐在一起有些挤，所以魏老师一走开，那个姐姐就马上伸过手来拧我的胳膊，妹妹的屁股也努力地朝我这边挤过来。我只好倚着墙，一直站到又一阵铛铛的金属敲击声响为止。

这一阵铛铛声代表着放学。哥哥先过来接我。他披了件衬衫，只扣着领子下面的第一粒纽扣。我知道他这样的打扮是学电影里披着大氅的将军，他手里还拿了根竹条，想必把它当作了宝剑。一起来的还有他的几个同班同学，他们簇拥着哥哥朝我走来的时候，我恨不能让全班人都亲眼看看，看他们谁以后还敢再欺负我。

次日早上，我不能再睡懒觉了，母亲还特意给

我买了根红头绳。跟着哥哥姐姐出门，经过我和堂弟、表弟经常玩耍的地方，我心里充满了无限眷恋。我依然得跟别人拼座，家里拿不出高低合适的凳子，虽然父亲已跟木匠讲过给我做一条，但新凳子须过几天才能拿到手。好在这回给我拼座的是邻居家的阿国。

阿国刚上学时的第一个礼拜，我们天天看他的热闹。他是家里的独子，出生时他父亲又已年近五十，所以阿国格外受宠。那几年里，他家跟我家一样，总是种有大片的黄金瓜和西红柿。带着黄金瓜和西红柿，被他父亲背着来上学的阿国，总会引来我们无比羡慕的目光。但每次到教室门口，从他父亲背上下来后，任魏老师和他父亲好说歹说，阿国就是双手死死抓住门框，死活都不肯往里面走。后来他父亲就直接把他背到座位上，他一下地，就大哭，像抓救命稻草般紧紧抓住了他父亲的衣服，不让走。父亲硬将他的手指头一个个掰开，匆匆逃离，他又号啕要跟出去，魏老师慌忙关上了那扇破门。阿国便顺手将一个西红柿朝魏老师丢过去。在噗的一声响中，这个熟透了的西红柿瞬间在魏老师的胸口开了花。

那会儿，我看见阿国自己也呆住了。

第二天上午，魏老师没有来。下午，终于看见她重新出现在教室门口，但沉默了许多。令人意想不到的是，阿国从此也听话了不少，过来上学，再也不哭闹了。

班里还有两个经常会尿湿裤子的男同学。一个胆怯得要命，老师一点到他的名字，他的脸就会涨得绯红，双手跟着发抖，须臾又有亮晶晶的汗珠子从他的脑门上滚下来。有时候叫他站起来回答问题，他浑身都跟筛糠一样，嘴唇哆嗦得一个字也说不出来。坐在他后面的人，会忽然发现他裤子裆部下面的颜色深了许多。还有一个是在午睡课时，经常弄出淅淅沥沥的声响。那声音一停止，他就哇的一声哭出来。照例老师会压低声音，命令他不许哭。于是一阵咯吱咯吱的声响，顷刻又听见窗门啪的一记，紧接着咚的一声响，闭着眼睛假寐的我们，都知道此君已爬出窗外，回家换裤子去了。窗外是庄稼地，从这里出去，不大会被人撞见。

教室里很快又恢复了寂静，令人好一阵子的失望。在家，我没有午睡的习惯，有时大热天的午后，母亲为了不让我在毒日下面跑来跑去，就强拉我跟她一起午睡，我也必等她起了鼾声后，悄悄爬到凉席外面，然后飞快逃走。

我实在想不出还有什么比被逼着上午睡课更痛苦的事了，尤其躺在那些桌凳上。巴掌宽的长条凳，平卧在上面，有一种表演杂技的感觉，双臂须始终紧紧抱住凳子。尽管如此，我还是喜欢睡长条凳。长条凳比课桌低一半，即便睡梦中不小心掉下去了，疼痛也会减轻一半。更重要的是，还可以隐蔽在课桌后面。而被人一览无余地躺在课桌上，总令我情不自禁地想到祭祀时那些躺在供盘里的鹅或鸡鸭，高高地端放在那里，一动，就全在老师的眼皮底下。她过来了，你还得装出酣睡的样子，好几次我都差点没能忍下去，我的手脚甚至浑身都痒得要命。我在想象中奔跑，在大喊大叫。有时我又想象自己是一艘劈浪前进的船，时光像水流一样，从我两耳边汩汩而过，只希望它们流得快些，再快些。

终于有一天，趁着母亲不在家，吃过早饭，我未再跟着哥哥姐姐匆匆往学校里走。待在家里跟堂弟、表弟一起玩，多开

心啊！三个人即便什么游戏都不做，只是坐在门槛上静静地望着远处那座半个大括号似的航坞山发发呆，也要比在幼儿班里自由自在、舒服得多。第二天，我又故技重演，哪想到这天母亲根本没有出去。看着她勃然大怒的样子，我赶紧拔腿就逃，跑了几步，扭过头去看看，吓得魂飞魄散——她当真像母老虎一样跟着扑过来了！

听着耳朵边全是呼呼的风声，我就知道自己必定跑得飞快。而事实上若完全凭实力，母亲确实跑不过我。可是不巧，脚下忽然不知被什么绊了一下，一个趔趄，扑倒在地上。脑后的衣领随即被一只大手拎住，一直将我拎到竹园里。铁青着脸的母亲，剥光了我身上的长衣长裤，把我反绑在一棵竹子上，然后用竹枝条狠狠地抽了我一顿。

这之后，每次厌学，一想到竹枝条抽在皮肉上的滋味，又很快打消了逃学的念头。

二

这里先说下20世纪80年代初我们那所小学的概貌。

如前文所说，我们学校只是一排平房。每个年级一个班，再附设一个幼儿班。这个幼儿班，把今天的幼儿大班、中班、小班全都囊括在里面。幼儿班没有课本，不必参加期中、期末考试，大概上面也从未做任何考核要求，所以不只家长们认为幼儿班可读可不读，似乎校方也认为这个班可有可无，分配给幼儿班的教室是最差的，半明，一年四季都享受不到太阳光，门窗也几乎都是损坏了的。冬天，穿了双开着天窗的破球鞋的我们，双脚总要回到家用热水泡过后，才能恢复知觉。教室里的泥地，如风拂过的湖面，那些桌凳下面的四只脚，多半有一只是悬空的。

但是最难受的还是下雨天。几十双脚进进出出，地面就变得十分泥泞，门外的走廊，更是被踩成烂泥塘底。若在阵雨天，雨点噼里啪啦地从门窗破洞里劈进来，顷刻，里外就变得一样水淋淋的。这样的雨天里，只要天气还不是很冷，我们总是光着脚板上学，或者把鞋子拎在手里走。

夏秋时节，手里拎得最多的还是一个水瓶。村小里没有伙房，再热的天也不供应茶水，于是午饭后，上学途中，几乎人手一个水瓶。瓶子多是自己家里的酱油瓶、醋瓶或父亲的酒瓶，找出来，洗洗干净，即用来装茶水。大热天，冰凉的井水比茶水更受欢迎，只是那时候沙地人家私人打井的极少。从家里出来，得走一两里路，方能遇到一口砖井，是隔壁小队里几十户人家公用的。大热天，一到即能打上水的好运气几乎不大有，通常得在井边等半天，等水点点滴滴地从井壁渗出来，在刚刚见底的井里重新蓄积到一定的高度。

有时候自带的茶水被早早地喝光了，又实在口渴得要命，便用瓶子去舀村小门前一条小水渠里的水喝，水渠里的水有时候流速很快，是从附近小河里抽上来溉田用的，看起来清凌凌的，仔细闻起来却有股烂麻水的臭味，所以喝过一两次后，宁可忍着焦渴，也不敢再喝了。水渠另一边是一个大竹园，竹园主人姓施，有三个儿子，老二和老三极为强壮，据说一丈高的围墙，他们都可以徒手翻越过去。他们骑自行车，双手都是不碰把手的，就跟我们走路一样，完全只是脚的事情。我曾亲眼

看到那个老二一边骑自行车，一边猛地将一个专门用来练臂力的健身器拉开。而这个动作，许多跟他同龄的小伙子，即便是站着也很难完成。

　　竹园临渠的边上，有两棵水桶口粗的楝树，树杈上面吊着两只铁环，据说是施家兄弟大清早起来练功所用。有几次凌晨六点钟左右我们赶到学校里，果然遇见老二正双手抓着铁环在那里做引体向上。我那时正迷恋武侠小说，看连环画《燕子李三》和《白莲教》看得天昏地暗。这对兄弟，特别是那个老二，成了我现实生活中唯一崇拜的偶像，甚至老二打乒乓球的姿势，也令我着迷。村小里有一张乒乓球台桌，傍晚放学后，我经常看见老二和他的同伴们在那里打球。老二打球，有点像电影里的武师打醉拳，无论是发球、接球还是扣球，每一个动作都是那么柔美、随意，许多我们都以为毫无希望的球，到了他那里，依然能起死回生。即便是失误，也还是那么潇洒漂亮。原来面对搏杀，也可以如此富有艺术意味。我常常因为观看他们打球耽误了回家时间而挨骂。

有一家小卖部也跟村小紧挨在一起，窗口正好对着操场。我们要买东西，就踮起脚趴在窗台上，然后把钱从装有铁栅的窗口递进去。里面坐着个比我们大七八岁的女孩子，俊俏的脸上却总是一副漠然的表情。接过钱后，她又一言不发地把东西从窗口递给我们。我常常猜想她是不是因为不高兴，却又觉得她似乎没有不高兴的理由，她的干爹，这个小卖部的老板，是令人望而生畏的大队长，小卖部里又有那么多的糖果糕饼，她想吃，也只是伸伸手的事。

她的干弟弟，也就是那位大队长的小儿子原先跟我哥哥是同一个班的，后来一直留级到我们班里。这位小公子在学校里调皮捣蛋，连校长都管不了他。我们暗地里都把他当作一条随时会向你张牙舞爪地扑腾过来的狼狗，总是能避则避。记得三年级时，有一次课后我坐在教室里背唐诗《鹿柴》，最后一句是"复照青苔上"，"上"字的音还未落，几个爆栗子笃笃地敲在我的脑门上，我惊怒地扭过头去，发现是他，他正收了手，嘴角含笑地从我背后离开。几个坐在后排的男同学都朝我挤眉弄眼。过了好一会儿我才想到是"复照"两个字的音冒犯了他，他父亲的名字，正好跟这两个字谐音。后来班上的同学背《鹿柴》，都只背前三句，最后一句，宁可被老师批评，也决不再背下去。令我惊讶的是，哥哥居然跟他相处得非常好。

哥哥也经常光顾那个小卖部。他手里的钱似乎比别人更经用些。比如五分钱，别人只能买到一个雪饼，哥哥却能从那位小公子手里换回两个。他就自己吃一个，给我留一个。有什么

吃的，他总会给我留一半，即便是半包葡萄干、半瓶橘子露汽水。他不大爱吭声，常趁下课时，跑进我们的教室里，什么话也不说，只把东西往我面前的课桌上一放，又匆匆跑出去了。

小卖部以西二三十米处，还有一家代销店，门面要比那家小卖部大得多，里面的商品品种也起码要丰富一倍。一走近店门口，即能闻到一股似乎经年不散的酒味、糖味、咸烧饼味和香烟味，这些气味混杂在一起，跟那个色渍斑驳的柜台一样，总给人说不出来的亲切的感觉。店里的营业员，是从镇上过来的一个知青。据说其前任也是从镇上下来的，一个胖胖的半老头，留着雪白的长发。人们老见他趴在柜台上画画，都说他画的老寿星，跟买来的年画里面的差不多。这人后来成为省里知名的扇面画家。只是做梦也没想到，多年后我和他的名字会经常出现在小镇文化站长的工作报告和别的文字材料中。有时他在前，我在后，有时我在前，他在后，形影不离，难分难舍。有一次，杭州市委一位分管文艺的副书记和市委秘书长专程来小镇看望我们两个。在镇政府会议室里，我第一次见到了这位耳闻了二十来年大名、拥有显著外貌特征的前辈。握手的时候，我迅速地低下了头，以示对他的谦恭和尊敬。后来听他跟领导们大谈启功和赵朴初的书法，越发不敢插嘴说话。之后不久，去市文化局参加一个颁奖会议时，忽惊闻他因心肌梗死突然辞世的噩耗，从此他把我在文化站长的工作报告里孤单落下。

学校附近还有一家袜厂，也是当时大队里唯一的一家村办企业。站在操场入口处，能清清楚楚地听到从袜厂车间里传来的女工们用手摇袜机织袜时的咕吱咕吱声。这些系着雪白围裙的女工，夏天经常像一群白鹭似的站在校门口旁边的土堆上，吧哒吧哒吃棒冰，吃得只剩下捏在手里的那根小木棍了，还要再呒两下，然后嬉笑着掷向旁边某个人，在互相袭击和躲闪中，嘻嘻哈哈地飞快逃散。大部分的人都逃进了织袜车间里。那个车间门口，我们也经常过去张望，张望的目标是女工们随手扔在地上的一团团尼龙丝头。这些被遗弃的尼龙丝头，却被我们视若宝贝，捡回家。细心的姐姐会把它们一根根地整理出来，然后用钩针编织成一副副手套和围脖。

袜厂里年轻的机修工也会经常跑到学校操场上晒太阳，跟老师们聊天。直到许多年后，我才明白，他们不是真正要晒太阳，而是想吸引几位年轻漂亮的女教师的目光。

三

乡村小学里共有七八位老师。校长四十来岁的样子，印象里他似乎长年累月都穿着件洗得发白的蓝色中山装，胸前的口袋里别着支闪闪发亮的钢笔。做完早操给我们集训的时候，排在后面的我，总觉得他的脸、脖子和肩膀是漂浮在一颗颗黑乎乎的脑袋上面的。他的面部表情和声音，通常十分温和，即便偶尔发怒了，嘴角处似乎仍然挂着一丝笑意。

他有一双黑皮鞋，但只在学校里有什么重要活动，或乡中心小学里有老师过来听课，才见他穿一穿。这双拥有黑皮鞋的脚，有几次大清早是赤着，沾满了泥巴，匆匆赶到学校里来的。给我们开了门后，才见他把脚洗净，端正地穿上鞋子，刚刚还高卷着的裤脚，亦放下，并拍打得干干净净。偶尔课间，也能看见他赤着双脚，挑着粪桶往校舍后面的庄稼地走去。这些庄稼地是村小的自留地，也是我们上劳动课时的试验田。每个礼拜，我们都要上两节劳动课，上课时就拿着从自己家里带来的农具，跟着校长和班主任往那片土地上走去。干得最多的活儿是拔草，有时候也割麦、拔毛豆、剥络麻等。地少人多，一眨眼，大家就把活儿都抢着干完了。

村小操场边上靠围墙的地方，用"工"字砖垒起了米把宽、数十米长的带状花坛。花坛里面，鸡冠花、凤仙花、太阳花、菊花、喇叭花、月季花、仙人掌、美人蕉、一丈红等等，什么都有。花苗都是在校长的号召下，各班的学生纷纷从自己家里连泥一块儿挖过来的。我和哥哥之前从未种过花，这么一来，也开始在自家道地边上种。种得最多的，要数鸡冠花，其次是凤仙花，这两种花都极好伺候，种子随便一撒，几乎都能长，也不必去念想它，偶尔过去看看，就见一株株早已是笑容满面。凤仙花的株身不高，但很能开花，据说花朵可以染指甲，还能治灰指甲。鸡冠花的花朵是顶在头上的，一边结籽，一边不断地往上长，籽粒乌黑发亮，极为细小，我们用手指轻轻捻下装在火柴盒里，带到学校里去跟同学交换别的花种。

除了种花，校长也带我们在校园里植树。有两棵冬青树，一直到十多年后我回母校任教，也还在。这两棵冬青树旁边有几间小屋，当中一间原先居住着一位姓陈的体育老师，据说是从一个叫下方桥的小镇过来支教的，个子很高，嗓音略显沙哑而有磁性，脖子上老是挂着一只铁叫子。他离开村小的时候，我还在读幼儿班。小屋空寂了两年多，到了第三年，又住进了一个老头，很快就知道他和我同姓，而且一来就当我们班的班主任。

陆老师是本村人，家离村小也就两三里路，我一直不解他为什么晚上喜欢独居在那间小屋里，也许是因为他不会骑自行车，总觉得上下班来去不便；也许学校里需要晚上有人留守。校长也因此不必早上光着沾满了泥巴的脚板，匆匆赶到学校里来给我们开门了。

我那时读书谈不上用功，甚至连家庭作业都经常懒得做，但早上上学却十分积极，跟哥哥两个总喜欢抢在班里其他同学之前到校。冬天清晨天色又亮得晚，我们兄妹俩赶到学校里时，天还黑得严严实实的，但那间小屋的窗口总是亮着的，温暖的灯光把窗外的漆黑驱赶出一丈多远。我们只需摇一摇校门口的那扇铁门，小屋的门便开了，在咳嗽声里，一个壮实的人影朝我们走来。

房间里空荡荡的，但十分整洁，墙和清晨天亮前的白炽灯光一样雪白。煤油炉子上面正煮着稀饭，粥的清香和煤油气味混杂在一起，有一种说不出来的温暖与亲切。我们穿着破雨靴的双脚，尽管踩着冻得贼硬的冰泥走了一路，却依然跟仿佛被刀削过的脸庞、耳朵和不大爱听话的双手一样，除了麻木，便是疼痛。他朝走到灯光下的我们看了一眼，什么话也不说，就拿过一只塑料脚盆，把热水瓶里的水倒进去一些，再掺上点冷水，把手指伸进水里试一试，然后招呼我们把凳子搬过去坐在上面泡一下脚。我们艰难地把脚从雨靴里脱出来。穿雨靴上学，是为了便于中午放学回家时路上好走。那些土路，别看早上都跟石头一样坚硬，到了中午时分，准被暖烘烘的太阳光感动得一塌糊涂，黏黏糊糊的。

泡完脚再去教室，感觉整个世界都温暖了许多。

乡下小孩，泥里滚大，性野难驯的较多，老师火气也大，熬不牢要动武。扇两个耳光，用教鞭在脑壳上敲几下，平常得很。家长知道了，也不作声。陆老师却从不体罚我们，顶多在大家上课听得昏昏欲睡的时候，朝讲台上猛拍一掌。这一掌拍下去，不但把我们都震清醒了，连放在讲台上面的粉笔盒和钢笔墨水瓶都跟着蹦跳起来。墨水是全班同学共用的。那时正读三年级，我们已经开始学写钢笔字了，但班里有好几个同学买不起钢笔墨水，陆老师便自己掏钱买来，放在讲台上。用光了，他再买瓶新的续上。

教室里顿时鸦雀无声。我们赶紧坐直了身子，一动也不敢动地望着他。他双臂撑在讲台的两边，朝各人脸上都看了一眼，很快又恢复了刚才的和颜悦色，仿佛刚刚什么也没有发生过，继续讲课。有一次趁他背着大家在黑板上写字，我偷偷溜到桌底下，给坐在前排的同学的裤子上贴橡皮膏。没想到很快就被同桌揭发了，等我慌慌张张地从桌底下钻出来时，他还在那里写板书，直到写完最后一个字，才转过身来，看我一眼，目光随即又移到了别处。"我早就看到了。"他说，"故意不讲。"我的心咚咚地跳着，脸烫得要命，从此，再也不敢背着他做小动作。

文娱课上，他跟我们一起做游戏，玩得最多的是"传花击鼓"。我们用红领巾蒙住他的眼睛，他背着大家敲一只从自己宿舍里拿来的面盆。"鼓"声里，我们紧张而又兴奋地传递着一只纸毽子。他突然一停，毽子刚好传到谁的手上，谁就得站起身来摸纸团回答问题，答对了，奖一颗水果糖，没答出来的，必须表演一个节目。每次他都会准备很多水果糖，游戏结束后，把剩下的都一一分给大家。

除了音乐课和体育课外，我们该上的课都是他教的。我最喜欢书法、画画和作文。布置作文之前，他总会给我们许多启发，我们甚至还有机会听到好几个故事。我们写的第一篇文章，是看图作文。批改过的作文本发下来，三段文字中，居然有两段字句下面都用红笔画上了波浪线。红笔总给我一种不祥的感觉，翻开作文本的那一刻，一阵心惊肉跳。但随即又听到他在讲台那边表扬我，并将我的那篇文章作为范文宣读。这之后，几乎我的每一篇作文，他都会给我画上许多波浪线。发作文本的时候，他就站在讲台前，望着坐在最后一排的我，一边点头，一边呵呵地笑，有时候也会走过来摸一摸我的脑袋。他身上的一套深藏青色的中山装，好像老也穿不旧，它们在他身上总是妥妥帖帖的，不管是在春秋天里，还是在寒冬时节，只是衣服上面总会沾着些浅色的粉末。上完一堂课，手里沾满了粉笔灰，他似乎也不大记得去洗一洗。他也许是吸烟的，但从未见他在课堂上抽。数年后，得悉他因患肺癌去世时，我又马上想起了这些浅色的粉末。

我们升至四年级时，校长接替了他。他从我们的教室门口经过，会时常收住脚步，朝大家呵呵地笑一笑。中午或傍晚放学后，我们走得晚一些，也会看到他捧着个铝制饭盒走进来。饭是在袜厂食堂里搭伙蒸的，似乎他总喜欢用酱油或菜汤拌饭吃。

空余时光，他喜欢跟人打康乐球、下象棋。我考上镇中后，每次从镇上回家，总要到村里那个代销店门口绕一绕。他在店里跟营业员一起下象棋，看到我，必定会跑出来，手里攥着棋子，照例朝我呵呵地笑。

那年中考，我因半分之差，没有考上当时对于一个贫穷的农家子弟来说是最好的出路——中专。整个暑假，我都像一只怕光的鼹鼠，躲在家里不敢出门。有一次母亲上街回来告诉我，路上她遇到陆老师了，他跟她讲：你女儿将来一定会有出息的，你不用担心她。第二天，我终于下定决心自己跑出去找工作了。

我又经常从村里代销店门口绕道而过，但是再也没有见到过陆老师。问店里的营业员，答：去他女儿家住了。一晃大半年过去了，有一次遇见他孙女玲玲，玲玲红着眼圈说：我爷爷，去世了。

四

虽然村小很小，但爱国激情丝毫不打折扣。每天做早操前，学校都要严肃认真地举行升旗仪式。旗杆是插在操场西面一排毛竹的中间一根。除却这根担负着神圣使命外，其余的毛竹都是供我们上体育课和平时玩耍时练爬的。记不得那时体育达标考核项目中，有没有爬竹竿这一项，反正我那时候的裤子特别容易破，脚上的皮也会经常被擦破，其中原因，那几根毛竹也必定心知肚明。

升旗时，大家须敬礼，唱国歌，同时目光自始至终都跟随着国旗。校长亲自做旗手。国歌可以唱得跑调，但节奏必须跟旗帜上升的速度协调。唱到"前进！前进！进！！"时，国旗也刚好同步到顶，大家心里都会松一口气，仿佛这一天也会过得很顺畅。

然而有一次，旗帜上升到一半的时候，也许是风太大，绳子又过长，绕在了毛竹上面，任校长怎么拉怎么挥舞手里的绳子，都上不去了。歌声只好暂停，那一只只敬着礼的手也垂了下来，大家一边在寒风里冻得发抖，一边体贴地望着校长和那面国旗。搓了一会儿手的校长，果断地叫了一个低年级的同学爬上去把那绳子给解下来。事后，校长要求三年级以上的每个同学都写一篇同题作文"爬竿取绳"，择优在全校唯一的一块黑板报上登出来。也正是从这次开始，这块黑板报上长期登着我的作文。直到我毕业后的第二年，还留着我的一篇《一盆茉莉花》。

每次都用粉笔把我的作文抄写上去的，是我们班上一位姓滕的男同学。这人的手指头和身材都很修长。他的身世是个公开的秘密，生了三个女儿的养父母，用小女儿跟他的亲生父母交换了他。小学四五年级时，他的正楷毛笔字、钢笔字就都写得比老师还要好。他还会模仿越剧王子赵志刚的唱腔，一些京剧、绍剧的片段，也都能唱得有板有眼。课间，他常常一个人嘴里"锵锵锵"地响着锣鼓走方阵，一招一式，在我们看来都颇接近戏台上的那些演员的水准。跟现在的城里小孩相比，也许算不得稀奇，但在那个年代的贫穷的沙地上，没有人去特意指导他，他那大字不识几个的养父母和两个姐姐也没法给他带来任何艺术熏陶，他小小年纪无师自通能做到这样，应该算是很有艺术天分的。只可惜他的学习成绩不怎么好，小学毕业后，未能升入初中。三年前，我带着单位里的几名歌手参加全区百强企业歌手大奖赛半决赛，意外遇见了也作为参赛选手之一的他。他在一家企业里给老总当司机。那场半决赛，后来也将他淘汰了。

班上还有一个姓娄的女同学，跟这位滕姓同学的家住得很近。娄姓同学长得瘦瘦弱弱。她六岁那年，家里一根连接广播喇叭的电线一下子夺去了她的双亲和弟弟，从此她与奶奶相依

为命。我们不但同名同龄，学习成绩也相当。小学五年里，总是她做班长，我当副班长。哥哥入读镇中后，我常常跟她一起放学回家。她家比我家要近两三里路，所以每次我都要先到她家里去停一停。她很喜欢种花，不管什么样的花，在她那里都会开得很妖娆。我种过的那些花苗，大多是她给的。

星期天，她会步行到我家里来玩。我母亲很心疼她，不只是出于怜悯，也许更多的还是发自内心的欢喜。她要比我矮半个脑袋，苍白的小脸上，一双眼睛显得特别大，忧郁迷离的目光只会激起你心底里更多的柔情和爱怜。更让我母亲欢喜的是，她要比我文静听话得多。她要回去了，母亲总会让我送送她，因为给她的东西，她总不肯拿。在她家，我唤她的奶奶也唤得很顺口。村小毕业后，我考入镇中的区重点班里，她进了镇重点班。没想到三年后，我们都以极低的分数差距，与中专失之交臂，又进了同一家乡镇企业打工。我又经常去她和她奶奶居住的那间幽暗的草舍里坐。有时候我们一起躺在她父母留下的那张大床上，谈着理想，谈自己的爱好，仿佛唯有这些话题，方能重新让我们振作，让似乎已经变得幽暗的前途重新光亮起来。谈着谈着，我们常常在困倦和不知不觉中入睡。有时候，她又忽然什么都不想谈，让我唱歌给她听。几乎没有一首歌不被我唱跑调的，但她还是喜欢听，她说：声音其实比面孔更让人难忘，我喜欢用它来辨识和记忆一个人。

她出嫁那天，执意要我陪她去。记得当天晚上，睡在他们的新婚床上，也许是因为新被子太厚实，又是几个人一起挤在一个被窝里，我睡得大汗淋漓，凌晨一点多醒来，居然再也未能睡着。黑暗里，听着闹钟嚓嚓的行走声，分明还听到了时光一去不复返、如水般的流逝声。这之后的十多年里，我们几乎没有再见过面。有几次在手机通讯录里偶尔翻到过她的名字，犹豫片刻后又翻过去了。她也许是期待过我的声音的，但不晓得为什么，这些年来，我越来越觉得跟人用语音交流，是一件比较艰难的事。

仿佛只有文字，自始至终都给我快乐和安心，给我从容与安慰。那是我在小学二年级时，从一本连环画里发现的。后来又囫囵吞枣地看了许多半文不白的演义书，看得最辛苦的要数《封神演义》，里面众多的人物，往往看着看着就搞晕掉了，须翻回去重温某几个章节，方能继续看下去。三年级时，村小里掀起了一股阅读课外书热，我们的"三好学生"奖品，也由之前的学习用品，改为课外故事书或英烈们的传记。图书室大概也是在那时候开始设立起来的，一开始只有一百来册书，少先大队的辅导员汪老师把图书室的钥匙交给了我，规定每周向三年级以上的同学开放两次。

这真是个美差。我以两天一本的阅读速度，蚕食着那一百来册图书。《格林童话》《一千零一夜》《皮皮鲁和鲁西西》是我啃啮到的几片最鲜美的桑叶，它们比我之前阅读的那些半文不白的演义书显然要松软、好消化得多。印象最深的还有《天堂小五义》《在海盗窝里》《登上飞来峰》等小说。几年前，在省作代会上邂逅《在海盗窝里》的作者叶宗轼老师。虽是第一次正式见面，却如见故人般的亲切。叶老师那时大约已有七十多高龄，说一口舟山定海话，人非常坦诚和热情。后来他又给我寄来了他的另外两部长篇《船神》和《清波逐浪》，我浏览了一下，不敢仔细看，怕破坏了对《在海盗窝里》珍藏了二十多年的美好记忆，只将它们藏在书柜里，留待女儿识字了，再拿出来。

看《登上飞来峰》时，张抗抗老师大约也就我现在这个年龄。这本书我四年级的时候看过一遍，一年后，又重新看了一遍。2003年陪张抗抗老师和她的父母一起游传化大地时，跟她提起了《登上飞来峰》。她想了半天，才扭过头对她的妈妈朱为先老师轻轻笑道：亚芳说的这本书，是我老早的时候写的，都快记不起来了。抗抗老师必定拥有许多读者和粉丝，所以即便面对我这样一个已有二十多年粉龄的读者，心里淡然也是可想而知的。但她也许不会想到二十多年前，她在小说里所展示的那个充满了阳光和鸟语花香的世界，曾经给一个农村孩子带来了怎样的甜蜜、向往、惆怅和淡淡的忧伤。

一年后，一百来册书都渐渐地变得不新鲜了，新书却迟迟未增添。好在那时我还是少先大队的副大队长，全校各班的废纸都归我收管。隔一段时间，我就带几个同学一起用自行车把废纸驮到镇上的废品收购站里。校长允许我随意处置卖得的废纸钱。从废品收购站里一出来，我们就直奔小镇新华书店，然而每次卖得的废纸钱也就一两块而已，顶多只能买两三本书。记得最后一次刚够买一本精装的《水浒传》。

这本书看了有些时日，因为临近毕业。等我断断续续地看完最后一页，麦子都已开始发黄了。而我也将作别我的乡村小学了。

秋天，醉美靖安

桂花开了，开在家家户户屋旁。你在楼上，隔着纱窗，可以若隐若现地闻到花香。你不满足，可以走到窗边，拉开纱窗，幽香阵阵，在你的心脾、肺腑里清甜着。你家、邻居家，屋前、屋后、屋旁，都会有一棵、两棵或一排桂花树，满枝的金黄。你不再折枝，因为这些桂花香像灯光一样，已经照遍了你家的角角落落。

那些种在许多人家院子内花坛里的枣子熟了，它们累累地压弯了枝头，一嘟噜一嘟噜，黄中带着红，红得斑驳。你在树下多仰望一会儿，主人就会让你自己动手采摘。你拿起一根竹竿仰着脖子敲两下，枣子就叭叭地掉在地上，引几个在旁边玩耍的小孩子跑来抢捡。你也捡几个，尝一尝，脆、甜。

还有叶子肥大碧绿的无花果树，一颗颗紫色的无花果，掩映其中；硕大的柚子，密密地高挂在枝头上；高大的柿树上结满了一个个小小的红灯笼……

这些许多人家屋前屋后的风景，把秋天的靖安社区，装扮得像个果园、花园。靖安是靖江街道最大的一个安置小区，一幢幢两户联建的三层别墅里，居住着两千多名因萧山国际机场建设而被征迁的靖江人，他们过去是农民，现在是城镇居民，不必再起早摸黑地在地上劳作。

夜晚的社区，比白天更热闹。晚饭后，家家户户的人都出来了，年轻人在社区内的篮球场里打球，或者疾步健身走、跑步。这里的灯光篮球场，你每走一两百步路就可以见到一个。妇人们在公园里的小广场上跳舞，她们跳热了五月天和夜晚的星空。更多的人汇聚在公园里、空旷的马路边、小河旁或是桥上，纳凉、聊天。聊国家大事、国际军事形势、家长里短，还有已经开通或即将开通的地铁线，以及正在建设中的机场高铁

站，等等。聊着聊着，大家都很激动，未来靖江街道，也会随着机场高铁的建成和地铁、快速通道的开通，而完全融入杭州主城区，融入大都市。

一条小河宁静地穿过社区，把社区均匀地一分为二。夜晚，河边有人在跑步，有人在垂钓。路灯光和垂钓人的头灯光、手电筒光照到水面上，河水再一漾一漾地折射给两岸住宅的屋墙，使那些屋墙上都晃动着神秘的灯光。

夜晚9点钟之后，社区又渐渐安静下来了。深夜11点，你从家家户户门前经过，几乎能感受得到屋里的人们在睡梦里甜美酣畅的呼吸声。

靖安社区，靖安人温馨、美丽的家园！

飘浮在织布声上的夏天

◎半　文

在靖江采风，一入纺织车间，剑杆织机交错轰鸣的织布声扑面而来，好似潮水，把我淹没。如鱼入水，立马想起三十多年以前，也是夏天，也在靖江，也是织布声声。我的那个童年的夏天也是淹没在织布声里的。

那时，暑期，放假了，家中无人收管，我常被送至靖南大姑家度夏。当年，我所在的乐园乡，一户人家年初都会养一两头肉猪，到年底，卖了，过年。而靖江农村，一户人家置一两台织机的，已经很多。乐园和靖江是邻居，大约是靖江比乐园更靠近南方，吹到的南风更多一些，所以市场的嗅觉便更早地醒来。

大姑家住两层的小楼，顶楼是平台，楼梯可通。楼下三开间，东间北为厨房、餐厅，南为大姑的裁缝车间。中为堂前，后小间是退堂，堆放杂物。西间南为楼梯间，北间放一台织机。开后门，另用套筒砖、石棉瓦搭一间，再放一台织机。格局大

约与靖江其他农村家庭类似。招两个织工，日夜倒班，24小时不停织布。表哥自己做机修工，白天晚上，不换班，有活就干，常常睡到半夜，被织工喊醒，起来修理。有时织工临时有事来不了，就自己顶上。那时，大姑是裁缝，经常出去，即使在家中，也是活计不断。姑父种菜，一早拿去卖。两个表姐也各有事忙，到吃饭时才回来。

那时住楼屋的人家并不多，大姑家早早地住上小楼，与她一家人的勤俭是分不开的。

那时，在大姑家，吃了什么，玩了什么，印象不深。唯织布一事，记忆很深。那时的织机都有梭织机，轴布经线，梭织纬线。一边一个摆杆，"啪嗒"一声，把梭子从东打到西。又"啪嗒"一声，从西打到东。来来回回，不断重复，穿梭。说时光如梭，大约是形容快。事实上，如梭这般，我们所经历的时光也是在不断地重复中慢慢老去的。记忆中，那时的布都是白色的，雪白。织完一轴，换轴时，要牵轴头。换轴头是大活，因为铁轴很重。换完轴，要接线头。一块六尺门幅的布，线头总有三四千个，一般人家自己接不了，要请专门的接线工。据说接线工的生意很好，因为织机多，一个村庄四五百户人家，都要来请，常常忙到没时间吃饭。看接线工接线，很是神奇，两个人，从东西两头开始往中间接，手一翻一根，再翻，又一根。根本看不清她们怎么打的结，只看见她们的手像两只蝴蝶翻飞，迅速地往前飞。一顿饭工夫，一轴线几千个头就结得差不多了。接完线头，继续开织。

织布声一般是不会停的。若停，或在换杆，或在换轴，很少两台一起停。"啪嗒啪嗒"的打梭声，从早响到晚，又从晚响到早。晚上睡觉，屋内太热，睡不着，搬到顶楼。在顶楼平台上摊开竹凉席，即是大床。也不怕滚出床去，阳台够大。楼上有风，仰躺在那里，眼前，是更为广阔的星空。可以一边吹风，一边数星星。那时的银河还很清楚，挂在中天，一条灿烂的星河。那时，还可以看到牛郎织女星。织女当年用的是老式的织机，没有电做动力，织布效率估计不高。不过，织女织的不是棉布、丝绸，而是漫天的彩霞。她那台织机应该够大，只有天那么大的织机，才能织出满天的彩霞来。夜这块黑色的幕布，估计不是出自织女之手，看着手艺不行，和朝霞晚霞一比，明显不是一个档次的。

我躺在那里上天入地瞎想，因为还是睡不着。"啪嗒啪嗒"之声，经纬交错，穿过厚厚的楼板，从楼下飘上来，穿过窗户，越过围栏，从四面八方包围过来，十分响亮。事实上，已分不清织布声到底从哪里扑过来，只密密地织着，如潮水，如大海，又如一张厚厚的床垫。我被织布声托举，肉身好似躺在织布声上，飘飘荡荡，难以靠岸。实在太困，数着星星，终于睡去，梦里，上下左右全是乱窜的织布声。

梦里的织布声，分不清经线纬线，和织女手里的云霞一样。早上醒来，跟着姑父去老街卖菜蔬，远离了织机，但是耳边，仍"啪嗒啪嗒"响成一片。像夜晚传过来的织布声，在白天起了回声，久久不肯散去。

在乐园老家，晚上是没有织布声的。暑期时，最多的是蟋蟀"嚯嚯"的叫声。"嚯嚯"的叫声也很密，很响。不过，没那么厚实，缥缈在夜色里，若有若无。若入梦，便是梦境底色，远远传来，并不嘈杂，不影响人入睡。过去，蟋蟀也称"促织"。

晋人崔豹的《古今注》："谓其声如急织也。"说蟋蟀的鸣唱如织布的声音，时高时低，密密而织，仿佛是在催促织女飞梭速织。有俚语曰："促织鸣，懒妇惊。"说促织叫了，秋天到了，织妇要赶紧加快织布，以备秋凉。"促织"之名由此而来。

"秋夜促织鸣，南邻捣衣急。思君隔九重，夜夜空伫立。"诗人谢朓以促织之声寄托相思之意。大凡诗人，总太过敏感，易从自然之声中听出离愁别恨。蟋蟀在沙地称"斗鸡"，是我童年时的玩伴。"嚁嚁"之声在我耳中并无促织之意，亦无离愁别恨，只是玩伴的召唤。"嚁嚁"声中，梦境十分踏实，安静。

不过，在大姑家度夏，梦境在织布声上飘浮了一个夏天，回到乐园老家，在"促织"的鸣叫声里，梦境就不太踏实了。表哥说，他是习惯在织布声里睡觉的。织布声一停，马上惊醒，怕是织机出故障了，要起来修理。我也是一下子适应不过来，像人家从美国回来，需要倒时差。我需要倒织布声和"促织声"的差别。

现在，身入纺织车间，剑杆织机一列列一行行，织布声如钱塘江的潮水，涌上来，涌上来，把我淹没。那些三十多年前的夏天，便在汹涌的潮水中一一复活。想起"九张机"中的一句："一张机，织梭光景去如飞。"

时光真是如飞啊。一转眼，三十多年时光已被轻抛轻掷在岁月的荒涯里，无法回头。不禁一叹。好在，三十多年，也没有白白地虚掷。多年以后，靖江已不是过去的靖江，织机亦不是当年那台"啪嗒啪嗒"的织机。并线、织造、印染、后整，从一根线，到一匹布，一条龙成形。布也不是清一色的白布，各种色泽、质地的成品，比过去丰富了太多。大姑那个安放着两台织机的小楼也因机场建设，拆迁多年，他们在新农村新修了联排小别墅。小别墅样子漂亮，住着舒服，就是现在靖江这样的别墅太多，又太相似，去时，常常迷路。

　　于是，又是一叹。叹变化太快！那些飘浮在织布声上的夏天，如在眼前，伸手，却已如此遥远。

在靖江，想起小时候的腌菜

◎黄建明

越地民间流传着一句谚语："夫妻长淡淡，腌菜长下饭。"因此在街边巷口、村前屋后空地上到处晾晒着腌菜。人口多的人家腌制更多，以备家常食用，大有"畜菜御冬，民事所亟"的意思。在没有冰箱的时代，腌菜由于放的时间长久而备受越地百姓的青睐，也成为越地绕不开的美食。

这次在靖江，看到了马路边、空地上晒的各类腌菜，空气中也飘浮着腌菜的香味。闻一闻，仿佛回到了小时候。

我的母亲是腌菜的好手。即使极其平常的菜，经母亲的巧手一拨，各种味道的腌菜，婉转地飘香于屋内，在我的唇齿间愉快地打转。腌白菜、干菜、霉菜蔀头、倒笃菜、萝卜干、四季豆干、大头菜、菜梗头，在母亲的手中飞舞。在那个菜里没有一滴油的年代，这些腌菜，伴我走过了青春年少。直到现在，酸酸甜甜的泥土味儿，还挂在心之一隅，散发着清香。

进入11月份后，少雨，阳光在金黄的水稻谷粒上跳跃，自

留地里的大白菜经过霜的敲打，变得柔软而又洁白。清人林溥的《扬州西山小志》中有这么一句："盈肩青菜饱经霜，更比秋菘味更长。"其实就是描述打过霜的青菜特别饱满青翠，味鲜爽脆。趁着天气好，父亲拿着菜刀到地里收割。父亲在前面割菜，我则把父亲放倒后的白菜收拢，放到土筥里。大白菜真是大啊，比平时吃的青菜要长许多，一般有六七十厘米长，老蔀头围有二三十厘米。等到夕阳西下，父亲割完了大白菜，就一担一担挑到家里。自留地在村前，家在村尾，父亲挑着白菜"杭育杭育"地穿村而过，背后有羡慕的目光盯着父亲的背脊。往往有社员来家里讨教种植大白菜的经验，抑或来家里向父亲讨一些菜籽，来年也能丰收。

大白菜要暴晒在太阳底下几天，这是为了晒干菜里的水分，摸一摸干瘪了，母亲便把大白菜的菜叶子，砍掉一部分，目的有两个：一是为了整齐划一，二是菜叶子不好吃，又占位

置。砍去菜叶子后，母亲把长长的大白菜拗转，用两根稻草把菜缚住。等到把所有的大白菜砍叶缚绑以后，父亲就洗干净一只中型水缸。缸要陶的，不能用水泥缸，不然有股水泥味儿，而且既不卫生也破坏了腌白菜的鲜味。

踏腌白菜也挺有讲究的。要先放一排大白菜在缸底，再撒上一层盐，父亲就"嘎吱嘎吱"踏起来。女人踏腌白菜，劲不够，踏得不实，腌白菜会浮起来，容易变质；穿着套鞋踏，橡胶的气味会渗透菜里，有股怪味；最好是赤脚踏，虽然脚会冷些，但赤脚踏的腌白菜精光闪亮，松脆可口。但对脚是有要求的，不能有脚气，脚指甲也要剪干净，且脚上不能有破疤。如有破疤，碰到盐会钻心疼。父亲一边踏，一边转圈，还张着嘴巴哼几句越剧，如"十八相送""楼台会"等。等一层大白菜踏得差不多了，再添一层新的大白菜，撒上盐后再踏。为了让腌白菜更有味道，父亲会将一些红辣椒放进缸里，与大白菜一起踏，颜色也好看一些。父亲踏腌白菜都在晚上，因为白天要在生产队出工。我最喜欢在父亲踏腌白菜的时候，趴在他的背脊上，随着父亲转圈，很快进入梦乡。随着大白菜增多，渐渐地，父亲越来越高，直至大白菜与缸沿齐平位置，父亲找来几根毛竹篾排，像饭架子一般，放在腌白菜上。一个礼拜后还要再踏一次，称为"转脚"。然后再压上几块大石头，使重压下的腌白菜被盐卤浸渍，不易变质。最后父亲把腌白菜缸移到大门后面，要吃时，直接从陶缸里挖就行了，挺方便的。至此，踏腌白菜大功告成。几天后，这些被腌渍的菜就会慢慢渗出卤水，再过半个月后，菜也就腌"熟"了，基本上就可以挖出来吃了。腌白菜吃的时间长，一直可以吃到来年的春末，那时腌白菜会发臭、发黑、变烂，在池塘里洗的时候要十分小心。萧山人称"臭腌缸白菜"，它与嫩苋菜同炒，成为一道具有萧山独特风味的名菜。

住在义桥街里河兜下墙门的大姑父，因肚子里长了个东西，赶去浙二医院住院治疗。我获知消息后，与妻子一道去探视他，我们坐522路公交车，到市三医院站下车，穿过华东医药的小弄堂，穿过解放路，就到了浙二医院。探视完毕，我邀请服侍大姑父的大表嫂，在医院食堂就餐。首先我点了一道腌白菜炒冬笋，服务员说没有这道菜。听了服务员的话后，我随便点了几道菜。在吃饭的时候，表嫂突然像发现了新大陆一般："隔壁那桌不是有腌白菜吗？"我一看，果然如此。我站起来，去问服务员是怎么回事。服务员笑着说，这不是腌白菜，这明摆着是抱石菜嘛！我听了，哈哈大笑。原来，腌白菜又可以叫抱石菜。萧山与杭州，一江之隔，菜名却如此不同。我把这件事告诉妻和表嫂。她俩也觉得奇怪，觉得不可思议。我微笑，心里却认同杭州的叫法。虽是第一次听到这名称，但一点也不觉得陌生，想想，这两种叫法都有道理。萧山话腌白菜，透露了原料和制作工艺；杭州话抱石菜，则更具诗意。

干菜的原料是芥菜。芥菜在秋天收割为多，与腌白菜不同的是，腌白菜在腌制前不用洗，因为在吃前还可以洗一下，而芥菜在做干菜前一定要洗干净。母亲利用早晨小队出工前的时间洗芥菜，把洗净的芥菜放在长凳上沥干，晚上小队收工回家后，母亲把芥菜的枝叶摘下来，放在团箕里，用菜刀在砧板上把长长的芥菜枝叶切成细小的颗粒。等团箕里的菜粒堆成一座小山的时候，母亲便把芥菜粒捧进圆桶里，撒上盐，双手上下搅拌。等搅拌均匀后，母亲把芥菜粒倒入小瓮，用长木头菜脚夯实。过几天，太阳凑得好的话，把它拿出来，晒在苓皮里，一般三四天就可以晒成干菜了。如果太阳没有凑好的话，没有及时晒，在小瓮里时间一长，咸度就高，味道变霉，鲜味就差了许多。芥菜的梗，还可以做菜梗头和霉菜蔀头。母亲把粗壮的芥菜梗切成一段一段长五六厘米，一层梗，一层盐，码实，即成。太阳晒干的叫菜梗头，萧山人叫菜蔀头，金黄闪亮，是上好的汤料，可以消暑，经常喝不会上痧的。如加进一些从池塘里捉来的小虾，那鲜味就更足了。母亲还有一绝招，用芥菜梗腌成霉菜蔀头，只要两三天，芥菜梗就变成酥软的霉菜蔀头，盛半碗出来，滴上一点菜油，在饭架上一蒸，不用加任何调料，就是一道美味佳肴。当然，霉菜蔀头要蒸的少一些、熟一些，否则会食物中毒，脸都要肿大的。霉菜蔀头是我小时候的最爱，那几天是每餐必吃的。母亲的手艺是不用宣传的，有人会来讨的。有一次，公社里一位姓金的干部来我家与父亲联系工作，看到八仙桌上的霉菜蔀头，就说今天要在我家里吃午饭。中饭时，我看到他不吃其他菜，一个劲地吃霉菜蔀头。下午回家时，他又要了满满一碗带走。那次母亲霉菜蔀头做得多，除了自己吃，还送人。最后半面盆出一条条蛆了，上午父亲把坏了的霉菜蔀头倒在了小水池里。不料，下午那个公社干部又来了，来讨要霉菜蔀头。父亲歉意地摇摇头，说天热出蛆了，倒掉。那个公社干部气得直跺脚："出蛆怎么啦？用筷子拣拣掉好了，好端端的东西干吗扔掉啊！"公社干部后悔极了，早知道前一天来。

　　倒笃菜的原料是大头菜。大头菜是芥菜的一种，不同的是，大头菜是贮藏根，在泥土下面还有一个与圆萝卜类似的根。大头菜的茎叶洗净沥干后切成颗粒，加盐，在圆桶里拌匀称，然后母亲把拌匀称的大头菜粒，放在陶瓶子或玻璃瓶里，用筷子一半长的微型菜脚揿实。用稻草搓成一根小辫子，像蚊香一样盘起来，封住瓶口。瓶口朝下，萧山话叫倒笃，使瓶子里大头菜的卤水透过稻草的缝隙自然溢出，滴在地下。过个十天半月，大头菜干了，也就成了倒笃菜。现在种大头菜的比较少了，种芥菜的较多，因此，倒笃菜的材料也变成芥菜了，味道差不多。大头菜藏在泥土下面的那个滚圆的块茎，可以做大头菜。选新鲜的优质块茎，削去根须，去除杂质，用清水反复清洗干净，放在干净的团箕里，在通风干燥的弄堂口晾干。晾置两三天后，就可以装罐腌制。罐要朝天罐，放一层大头菜放一层盐，以两斤大头菜撒一两盐为标准。压紧块茎，不要宽塌塌的，封口也是稻草辫子。半个月后上下要翻动一次。一个月后拿出来，摊晾一天，大头菜就腌成了。如大头菜与倒笃菜一起做，那味道更好吃了。

萝卜干就是晒干的萝卜，一种独具风味的蔬菜，是萧山特产，俗称"萧山萝卜干"。萧山萝卜干咸香脆口，消食开胃，与萧山大种鸡、萧山花边并称"萧山三宝"。萧山萝卜干色泽金黄，皮嫩肉脆，甘香味美，明初即享有盛名，"熟食甘似芋，生荐脆如梨"，其效用不亚于人参，故有"十月萝卜赛人参"之说。饭捂萝卜是冬天农家生活的宝。萝卜干的制作工艺并不复杂，先要挑选好的萝卜。萝卜品种很多，从色彩上来说，常见的有白萝卜、胡萝卜、青皮萝卜、红萝卜，而最适合用来腌制萝卜干的是上头红色、下头白色的萝卜。把新鲜的萝卜洗净沥干，斩头去尾，中间剖开，切成五厘米长、一厘米见方的条，小个的萝卜可以不用切，不能把萝卜条切得太细太薄。晾晒至八成干后，加入粗盐、八角和花椒揉匀，随后淋上白酒并放入老酒坛内，密封坛口。两周后，把萝卜从老酒坛中挖出来，均匀地晒在苓皮里、团箕上，萝卜像一排排站立整齐的士兵，在阳光的照耀下，泛着精神的光。天气好的话，晾晒两天就足够了。我没事的话，会守候在苓皮边，管着萝卜，防止鸡鸭来拉屎捣乱。更要防止狗，乱跑一通，碰翻了搁在长凳上的团箕，把梅花印在苓皮里，坏了辛辛苦苦腌制的萝卜。倘若此时有路人走过来，要几根萝卜干咬咬，我会爽快地送他几根，毫不吝啬。

四季豆干和长豇豆干，是母亲从外地的一个亲戚那儿学来的，在本大队还是头一遭。把吃不完的四季豆、长豇豆蒸熟，不用加盐，直接在阳光下晾晒，直到四季豆和长豇豆起了皱，硬邦邦的，说明已经晒干了，可以储存了。豆干红烧肉，是一道极为香醇的美味，用来招待客人极好。

这些在我们乡下人看来极普通的东西，得到了城里客人的点赞。每当收获的时候，母亲会乘大轮船去杭州、坐义桥里河兜小客轮去萧山，把农家的一点心意送给客人，让客人也闻一闻泥土的芳香，看一看泥土的黄色。那时我天真地想，这些腌菜有什么吃头？经常吃，肚子里的黄疸水也要呕吐出来，哪有猪肉好吃。等到后来我也当了城里人了，才理解城里客人的那点心思。

母亲一年到头都是很辛苦的，除了在生产队干活，还要张罗一大家子的生活。母亲勤劳的双手，让自留地里的蔬菜，变幻出五彩缤纷，使我们单调的菜色生活，有了许多情趣，有了实实在在的质感。

据说在20世纪70年代，萧山腌菜用鬃封好，五十斤一坛，被中央军委列为战略物资，要求大量储藏，以备不时之需。私下一想，这种说法并非空穴来风，也有一定的科学依据。因为萧山腌菜咸味重，储藏时间长，一旦发生战争，是上好的下饭菜。这也许是对萧山腌菜最高的褒奖。

我们这些上了年岁的读书人，离家去几十里外的地方上高中，学校食堂普遍是蒸饭的，菜也是自家带去的。而自己带的菜，一般也就是腌菜居多。一礼拜回家一次，带足一礼拜的腌菜，白米饭和着腌菜，一过就是三年。许多萧山人就是这样被一坛腌菜改变了人生，从此起步，走向人生的高光时刻。

如今这些"土菜"，比以前更加吃香。靖江是移民大镇，大多是从绍兴一带迁过来的，所以对这些腌制的"土菜"情有独钟。腌菜也是靖江的传统，一些上了年纪的，腌菜的手艺不曾遗忘。一些进了城的年轻人，他们也晓得，家乡的腌菜就是乡愁，就是故乡的味道，这些血脉里的基因，是怎么也甩不掉的。

连我一个外乡人，走在靖江的乡间小道上，也会不由自主地想起小时候的腌菜，找到了儿时的记忆。

顿时，我对靖江忽然有了许多好感。

这好感，仔细想来，也是非常朴素的，一碗简简单单的腌菜，就是乡下人的舌尖上的盛宴，就是心中永远的守望。

靖江的一只甲鱼一只蜂

◎陈于晓

　　"机场后花园"靖江街道，有着众多的养殖企业，比如龚老汉、江鲜、巨康、水传、东之篮，以及德兴蜂业，等等。记得在早年的职业生涯中，我经常到靖江采访，其中跑得比较多的两家农业企业，就是龚老汉甲鱼养殖场和德兴蜂业。

　　"龚老汉"叫龚金泉，生于1952年。1995年，他承包了围垦十一工段的一片荒滩，当时大约有五百多亩。你现在去垦区，见到的自然是绿树成荫、路渠成网的景象了。但在当时，垦区的许多地方，还是确确实实的"荒滩"。地上长满了咸青秆和芦苇。我记得当车子驶过的时候，会扬起一片又一片的尘土，给人的感觉是挺"荒凉"的。龚金泉就是在那时来到十一工段，开始编织他的水产养殖梦想的。与许多围垦的养殖人一样，龚金泉日日夜夜，守护在他包下来的那一片"荒滩"上，在日出日落中刨食。从围垦一个很普通的养殖场，到现在的龚老汉控股集团有限公司，其间的风风雨雨和起起落落，也只有当事人

　　龚金泉自己能够体会了。很多艰辛，旁人也许只有借助于想象，但想象，常常缺少了那一份"真切"。

　　记得当时龚金泉的甲鱼养殖场，叫金达水产，养殖场的办公条件也很简陋。当时，围垦类似的养殖场，有好多。记得有一次去采访，事先跟龚金泉约好的，到了他的养殖场，却怎么也找不到他，整个养殖场空荡荡的，除了几只鸟儿在飞，都见不到人。快到中午的时候，才发现龚金泉打着赤膊从养甲鱼的温室中，满身大汗地出来了。见到我们，他一边道歉一边赶紧去冲洗，换上了一身干衣服。那个时候，在围垦，温室里养甲鱼的比较多，很辛苦，温室恒温在34摄氏度左右，又热又潮湿，像个蒸笼，不少人连几分钟都待不了。

　　20世纪90年代初，甲鱼价格飞涨，几乎全国各地，都掀起了甲鱼养殖热潮。一开始人们对温室甲鱼和外塘甲鱼，似乎也没有多大的概念，价格也相差不大，温室甲鱼因为见效快，深

受养殖户欢迎。到90年代中后期，跟风养殖甲鱼的农户越来越多，价格下降很快，随着外塘养殖的兴起，温室甲鱼已经没钱可赚了。龚金泉在开始养殖的三四年时间里，也几乎没有收益，原因自然是多方面的，比如养殖成本、甲鱼的成活率、销售价格等等。

如果没记错，是在1999年的七八月份，甲鱼市场疲软，一度滞销，养殖户都在"叫苦"。当时我和《萧山日报》的记者，一起来到金达水产采访龚金泉。当时龚金泉的甲鱼，已经是外塘养殖了。还记得当时，龚金泉带着我们走了一圈他的养殖基地，一群麻雀起一阵落一阵，一些甲鱼在塘里晒着太阳。然后，龚金泉想方设法抓了一只甲鱼上来，手捧着甲鱼，对我们说，他外塘养殖的甲鱼，喂的是鲜活的鱼虾和螺蛳，口感和营养都很好，但就是卖不掉。

在采访中，我们和龚金泉聊了很多，其中说到了"品牌"的问题，"酒香也怕巷子深"，甲鱼要好销，要先把品牌打响。记得龚金泉当时对我们说，他正在准备注册商标，去咨询过了，"金达"两字已经有人注册，其他的，他还没想好，希望我们能够帮着想想。那天，我们在回程的路上，商量好从"产品好还要勤吆喝"这个角度，先做一篇报道。记得我写的那一篇报道叫《高档水产养殖盼销路》，主要说的是光养好甲鱼是不够的，品质好还必须得到市场和消费者的认可。《萧山日报》在报道龚金泉外塘甲鱼滞销的同时，还配发了一篇评论，评论说高档水产养殖，"不能只顾埋头拉车，还要抬头看路"。

这些报道发出后，龚金泉急了，跟我们说，他不知道接了多少个电话。报纸电视广播，都在说龚金泉的甲鱼，卖不出去，他的养殖场要倒闭了。特别是给他贷款的银行，也给他来了电话，询问相关情况。"虽然甲鱼卖不出去，但我还不至于关掉养殖场吧。"记得这是龚金泉当时反复说的一句话。于是，过了一天，我和《萧山日报》的记者，再次来到了龚金泉的金达水产养殖场。与一开始的"急"不同，这时，龚金泉的情绪已经比较平和了，大约由报道所引发的"风波"已稍稍平静下来。他半开玩笑地说，报纸上不应该称他为"龚老汉"，虽然日晒雨淋，被围垦的风吹得很黑，可他连五十岁都还没到，不能叫"老汉"吧。好像聊着聊着，他又说了，是不是"老汉"也不太要紧，只要甲鱼能卖得出去。接着，我们又由"老汉"聊到了品牌的事，分析了许久，都觉得既然想不出更好的名字，不如就注册"龚老汉"吧，大家也都觉得这名字叫得响。说做就做，不久以后，金达水产的甲鱼，就有了"龚老汉"这一品牌。那段时间，以龚金泉的甲鱼养殖为例，结合萧山的农产品产销情况，我们又做了几篇相关的报道。其中我采写的关于水产养殖的新闻调查《水中捞"金"还是水中捞"月"》，获得了1999年度全省广播信息网络优秀新闻作品二等奖。

"龚老汉"这一品牌，果然很快就叫响了。为了叫响这一品牌，龚金泉也做了很多。那些年，他不断地让他的甲鱼，参加省市和其他各地的农产品展销会、推介会、博览会，并通过各种媒体做宣传打广告，"龚老汉"的知名度和美誉度，日渐提升。随着品牌的打造，"龚老汉"还在全国各大城市设立直销网点和专卖店，使"龚老汉"甲鱼的销售，遍及城乡超市卖场。2011年8月，"龚老汉"图形商标被认定为中国驰名商标，2014年，"龚老汉"商号被认定为浙江省知名商号。当年的金达水产，有了华丽的转身，成了龚老汉控股集团有限公司，"龚老汉"有了许多的"金"字招牌，比如浙江农业科技企业、省级骨干农业龙头企业、国家级水产良种场等。除了养甲鱼、育种和做好甲鱼产品深加工外，"龚老汉"还做深了"龟鳖文化"，其已成为农业休闲观光旅游的好去处。

2000年以后的几年里，我去"龚老汉"公司的次数还是比较多的，大多时候是采访，感觉"龚老汉"那几年发展得特别快。2009年9月，"龚老汉"建成了以中华鳖文化为特色的大型农业休闲观光园。这些年，各样的农业休闲观光园办了不少，但围绕"鳖"字做文章的，应该不多，而且"龚老汉"地处围垦，垦区视野比较开阔，有着别样的风韵。偷得浮生一日或者数日闲，到"龚老汉"，垂钓、烧烤、品农家菜、打牌、闲聊，或者什么也不做，就在那儿发呆，应是一种不错的选择。

时光如流水，围垦的养殖户换了一茬又一茬，只有大地始终生生不息。在这生生不息的大地上，花开处，就有蜜蜂在飞舞。在靖江，我印象比较深的，还有一家农业企业，就是德兴蜂业。想起来，已经有几年没去德兴蜂业了，但在早年，我是常去德兴蜂业的。德兴蜂业的园区，像一座精美的花园。说"蜂飞蝶舞"，蜂飞是肯定的，每一次去，都有蜂群在飞舞着。至于蝶舞，似乎不是每次都可以看到，但或者也是可以把花朵喊作"蝶"的。采花蜜的蜂，嗡嗡地叫着，一大群的蜂，就是一曲曲嗡嗡的交响乐了。从这个角度说，养蜂人，是幸福的，他所从事的是甜蜜的事业。

一群嗡嗡的蜜蜂，最容易带给人的，就是小时候的回忆。像我这样在农家长大的孩子，多少都有过被蜜蜂蜇过的经历。

记得有一次，眼皮被蜜蜂蜇了一下，害得我好几天都没法睁开眼睛。乡间也有传说，蜜蜂是会把人蜇死的，虽然我从没见过，但"听说"也会让人有点害怕。只是在长大后的日子里，我其实是不怎么怕蜜蜂的，蜜蜂这么小的个子，加上又不是黄蜂，有什么好怕的。最不怕蜜蜂的，自然就是养蜂人，他们和蜜蜂朝夕相处，彼此的脾性都摸熟了。比如，德兴蜂业的创始人洪德兴。

　　至今还能忆起来的，早年，在德兴蜂业的园区里，洪德兴给我们表演过一个节目，姑且叫作"蜜蜂缠身"吧。开始表演时，只见洪德兴打着赤膊，放飞一群又一群蜜蜂。他招来蜜蜂，让蜜蜂密密麻麻地落在身上，爬动，起舞。过一阵子，他又轻轻赶走了蜜蜂。在"召之来，呼之去"的过程中，他和蜜蜂相处得特别融洽，没有一只蜜蜂会蜇他一下。在看这样一场表演时，浮现在我脑海中的画面，似乎打着一行字："切勿模仿。"没有多年与蜜蜂相处的经历，与蜜蜂是不会有这样的默契的。曾听山中道人说过，在山中待久了，小虫子常常不咬人了，连小虫子都是有"灵"的，一旦相处久了，你得到了它们的认可，它们就不再"排挤"你，仿佛它们只欺"生"，不欺"熟"。

　　养蜂人自然是蜜蜂的知己，蜂有蜂的语言，万物皆有自己的语言，养蜂人听得懂蜂语。听得懂蜂语的人，才可以把"甜蜜"的事业做得很大。德兴蜂业，原名萧山市种蜂繁育场，由养蜂大户洪德兴创办于1989年，1994年被鉴定为省定点一级种蜂场。洪德兴曾获得第33届国际养蜂大会"中国优秀蜂农奖"，他所选育的种蜂，取名萧山浆蜂，浆、蜜、花粉都高产，这一蜂种的选育，曾获浙江省人民政府科技进步三等奖、浙江省农

业系统科技成果一等奖。德兴蜂业制定的《萧山金蜂王育种操作规程》，还被杭州市政府采纳为地方农业标准。

记得和德兴蜂业的总经理杨国泉聊起蜜蜂的种种时，他说过，一只小小蜜蜂的世界里，有着无穷无尽的宝藏。只要你肯钻研，小蜜蜂的文章，可以做得很大、很精彩。热爱，并且执着地去做，人生的价值，在其中就体现出来了。

在这一篇"甜蜜"的文章中，除了蜂王浆、蜂胶、蜂蜜、蜂花粉这些产品外，与蜜蜂相关的养生保健产业，是有着很大潜力的，比如"蜂疗"。写到这儿，想起几年前，有一次碰到杨国泉，与他聊起，我有痛风的疾病，那些年因为我不太注意饮食，痛风经常发作，特别难受。杨国泉说，他配制了一个中药方，可以试试。过了几天，我去德兴蜂业的时候，取了回来。煎了一两帖，喝了。后来因为工作忙，嫌麻烦，也就不再煎药了。这样，也就说不清这中药效果怎样了。但总觉得，"蜂疗"这一块，是值得探索的。德兴蜂业园区里的柿子、柚子、橘子，都长得特别好，据说是有蜜蜂授粉的缘故。世间万物，小如蜜蜂，也创造着各样的神奇。或许，大自然还有着许多的"神秘"，在我们的认知之外，需要我们去发现。

写到这里，发现我笔下的一只甲鱼和一只蜂，也是靖江现代农业发展的一个缩影吧。改革开放以来，多少靖江的农民，聆听着时代涨潮的声音，合着时代的旋律，各显身手，创业与奋斗着，祝愿他们迈着更矫健的步伐，走得更远吧。

喜欢靖江的"霉味"

◎ 李卞虹

　　喜欢靖江的美食：霉毛豆蒸豆腐、霉千张蒸肉饼、霉干菜烧肉、霉笋、霉苋菜梗、霉老头菜河虾汤……这些被营养师和养生达人称为食品界"毒品"的特殊美食，是萧绍地区，特别是萧山东片沙地农家餐桌上的"盘中佳肴"，餐餐必有，世世代代吃不厌。

　　虽然我不是沙地人，但我爸是绍兴人。我爸在世时，家里的餐桌上顿顿都会变戏法似的弄出几个"霉味"来，全家人都爱吃，每次都是光盘。结婚成家，嫁了个不吃"霉味"且讨厌"霉味"的男人，每当打开蒸霉毛豆、霉千张的蒸笼时，他就像躲炸弹似的跑得远远的，还会加一句"这么臭的东西都敢吃，吃了又没好处"。

　　在靖江，我有一个远房亲戚，每次去她家做客，餐桌上必然会端上两三道"霉味"菜肴。她在烹制"霉味"时，我就在一旁观摩学习。她告诉我"霉味"的烹饪是有讲究的：首先，它必须是个蒸菜，不能炒，也不能煮，更不能煎炸；其次，它必须蒸至十二分熟，也就是要等到碗里"冒泡"才能关火，如果没有蒸透就吃，有闹肠胃病的风险，重者会食物中毒，要去急诊灌肠；再者，"霉味"在蒸的时候得浇上菜籽油，换用色拉油、猪油、麻油等蒸出来的都不是你想要的那个味，菜籽油是"霉味"唯一最佳的搭档，无可取代。在她的传授下，我也能做出各种"霉味"佳肴来，并察觉，无论春夏秋冬，"霉味"都可以在餐桌上出现。霉干菜蒸肉，是餐桌上一年四季的"保留节目"；夏季霉菜老头是汤料的主角，可以配上南瓜、葫芦、番茄、河虾等，喝上一口，不仅能解暑，一个"鲜"字是不吐不快的；霉苋菜梗、霉毛豆蒸豆腐、霉千张蒸肉饼、霉笋等是春秋季餐桌上常见的，霉笋是特别爽的一道菜。每年靖江亲戚都会托人带给我她自己制作的霉干菜、霉毛豆、霉笋等，给了我吃"霉食"的口福。拿到她的美食后我会很好地保存起来慢慢享用，趁老公不在家用餐时，拿出来蒸一点，与女儿一起抢着吃，那一餐，饭必须多烧点，省得"肚饱眼不饱"，一直吃到撑为止。

当年去靖江采访时发现农家大大小小的缸、钵、瓦罐特别多，这些都是用于制作"霉味"的器皿。腌菜季节一到，家里大大小小的劳力都出动了，收割、洗菜、晾晒、切菜、腌制、封坛，还将菜坛倒立在地上，放上几个月，称为"倒笃菜"。等到每年春笋快"落市"，价格便宜下来时，农户就挑一个晴朗的天气，去菜市场买一麻袋春笋，开始制作笋干菜。这个时候"倒笃菜"就开坛了。当坛口上的黄泥被小心砸碎后，掀盖的那一瞬间，一股鲜香扑鼻而至，一群馋嘴孩子就围着菜坛不肯移步了，控制不住自己的小手，伸进坛口捞一把放在嘴里嚼，特别鲜美。做笋干菜算得上农家一件比较重要的事，场面热闹，香气四溢，全家人都能派上用场：孩子和老人剥笋壳，女主人切笋、烧火，男人则拿出家里大大小小的竹箪席，摊在长凳上，一时间，院子的道地上就出现了一道晒菜风景，有点壮观的。太阳好的时候晒个一二天就可以装袋了。许多农家每年都要做几十斤，赶在农历五月前坐着公交车到城里，挨家挨户送去亲戚家。城里亲戚特别喜欢留乡下亲戚吃饭，回大白兔奶糖、跑鞋、围巾等礼物。据报纸刊登，十多年、二十年前，萧山霉干菜还摆上了北京人民大会堂的宴会厅，成为中外友人的餐中最爱，真是值得萧山人骄傲的一件事情。

眼下，靖江变大了，变美了，变强壮了，变洋气了，但靖江的"霉味"佳肴一直会留下，在这座现代化的空港新城里，香飘四季。

靖江：一方神奇之地

◎朱文俭

三百多年前，这里是钱塘江江底，江水桀骜不驯，河道南北翻滚，这里时而江底，时而滩涂。

二百多年前，这里只有荒凉的滩涂和稀少的人烟，寂寥荒芜，了无生机。

一百多年前，这里汇聚了第一批从萧绍来的"淘金客"，围垦赶海，晒盐贸易，荒废多年的靖江殿里潮神"张老相公"前香火缭绕。

几十年前，这里汇聚了大批的萧山人，他们肩挑手抬，战天斗地，修建了一条长长的南沙大堤，围垦了广袤的沙地滩涂，种植棉麻，生产蔬菜，夜晚里油灯下挑绣花边，农闲时小院里腌制萝卜。

二十年前，这里的人做梦也没有想到，脚下这片曾经贫瘠的土地上，飞来了"机"遇，蝶变成向世界展示浙江、展示杭州的窗口。

如今，这里高楼林立、商贾如流，航空产业争相布局，空港新天地拔地而起，地铁物业寸土寸金……更让人惊奇的是，一架退役的"运七"飞机作为城雕，屹立在这里的市民广场之上。

这里是萧山靖江，曾经的"钱塘江底""灾难之地""移民之乡"，曾经的"围垦战地""贫穷之地""蔬菜之乡"……而今，靖江人靠着那股独立自强、艰苦奋斗的"围垦精神"和奔竞不息、勇立潮头的"萧山精神"，用智慧和双手把梦想带进现实，让靖江这片热土变成宜居宜业的空港小镇，靖江人的获得感、幸福感不断提升。

东晋人葛洪在《神仙传·麻姑》里写道："接待以来，已见东海三为桑田。向到蓬莱，水又浅于往者，会时略半也，岂将复为陵陆乎？"

"沧海桑田"这样的奇观只有传说中的仙人才能遇到，而今，我们凡人竟然也能目睹靖江这片土地上翻天覆地的变化，这是多么神奇的事情呀！

靖江的奇迹是怎样创造出来的？现在，我们翻看这部奇异的纪录片，一帧帧品味。

钱塘江道

杭州湾是世界著名的海湾，湾底的地貌形态和海湾的喇叭形特征，使这里形成了中国沿海潮差最大的潮涌——钱塘潮。摊开一张清代中期手绘的苏南、沪、浙海塘位置图，你会清晰地看到，萧山处在喇叭口的湾底，北干山外便是一望无际的茫茫滩涂，头顶正北悬着一片桀骜不驯的水域，而喜怒无常的钱塘江和曹娥江又从东西两面把萧山包裹得严严实实。

直到明末清初，萧山靖江所在的南沙平原才逐渐成陆。清代康乾时期，我国人口大爆发，达两亿之多。为开发利用钱塘江滩涂资源、缓解人多地少的突出矛盾，萧绍人就自发地围垦淤塞的沙地。但江潮喜怒无常，历史记载钱塘江"坍江"是常事。每次"坍江"，江水泛滥，淹没田地，冲毁村庄，吞噬人畜。民众为求不受钱塘江之灾，往往祈求潮神保佑。建于清乾隆十五年（1750）的"靖江殿"，正是当时当地人们祈拜的潮神庙，靖江取名于"靖江殿"。

围垦战场

20世纪六七十年代，中国人口膨胀到了七亿，萧山围垦的规模猛然加大。1965年，在美女坝至乌龟山东南，由赭山、南阳两个公社联合围涂二千三百亩；1966年下半年，由省、市、县共同组织在九号坝下游围涂二万亩，正式揭开了萧山大规模围垦的序幕。之后，建设兵团、知青也加入火热的围垦大军。至2007年，共围垦三十三次，圈围土地三百五十平方公里，占萧山总面积的四分之一。对此，联合国粮农组织称其为"人类造地史上的奇迹"，著名历史、地理学家陈桥驿教授由衷感言："萧山围垦，石破天惊！"

这一奇迹是如何发生的？作家俞梁波老师耗时六年完成的六十万字长篇小说《大围涂》中就有大量篇幅描述了20世纪70年代萧山围垦细节：挖河筑堤、围涂造田工程只能在冬季进行，北风大、气温低，工程艰巨、工具简陋，一根扁担、两只土箕，男女老少冒着严寒，赤脚踏冰，挖河筑堤。住草棚，睡泥地，饮咸水，食米饭就萝卜干……

萧山人为什么要围垦杭州湾呢？俞梁波老师说："我们出生的那一刻，无法选择自己的生活之地，到了成年，可以选择之后的生活。《大围涂》中，面对恶劣的自然环境，离开这里是最简单的躲避天灾的办法，但是，很多人却选择了转身用洪荒之力去改造环境。"萧山的父辈们几乎都参加过围垦挑泥、保护家园的累年战斗。

开发热土

靖江所在的南沙平原一马平川，没有起伏山峦，也无自然大河，只有人工河。靖江就处于义南横河和北塘河这两条东西向运河之间，又有多条南北向的运河联通两河，从而形成方格状的河网。这些河流在陆路交通不畅的年代是靖江与外界沟通的要道，使这里的物流向西通达钱塘江，向东通向杭州湾，当年的水牛拖船发挥了巨大的作用。随着围垦不断推进，沿着运河就形成了一个个村庄。村民来自萧绍各地，不像自然村落那样聚族而居，村子取名就没有山里王、高田陈、大路张之类的姓氏冠名，而是靖南村、靖东村、义南村、伟南村等以方位命名，小石桥、和顺村、东桥村等以桥称呼。

靖江人面对一穷二白的环境，没有叹息，更没有退却。他们利用广阔的钱江滩涂，围涂造田，修筑堤坝、桥梁、道路，生产粮棉瓜果，兴建了家园，造福子孙，创造物质财富。而在与恶劣的生存环境搏斗的历程中，钱江潮又滋润并催生了独立

自强、艰苦奋斗的"围垦精神"和奔竞不息、勇立潮头的"萧山精神",最终孕育和催生了萧山沙地文化。随着新时代的到来,沙地文化被赋予了新的内涵,必将为现代化建设提供强大的精神动力。

我曾多次拜访靖江,在萧山这片广阔神奇的息壤之上走一走,看一看。品赏这一片片菜绿花黄、瓜长豆圆,看一看这一汪汪的鱼塘、一畦畦的苗木、一栋栋的新房……在饱赏了宜人别致的田园景象之后,我还聆听了靖江人在与江海的交往中,生生死死、悲欢离合、永远也诉说不完的传奇故事。钱江潮对于靖江人来说,不仅仅是一幅画,它更是一道广阔的背景,一个壮丽的舞台,而世世代代的靖江人在这里上演着威武雄壮的话剧。

有一种味道也许只有上一辈的靖江人才能说得清楚,那是咀嚼萝卜干的味道,那是品咂霉菜老头的味道。

空港新城

二十多年前,萧山机场在靖江"落户",特别是机场二、三期扩建工程全面启动后,靖江空港新城的发展插上了腾飞的金翅膀。

靖江展现在世人面前的是整洁宽敞的马路,清澈见底的河水,环境宜人的公园,以及时时处处彰显的空港元素和沙地文化记忆。在街头巷角,飞机人、空姐空少、放飞等雕塑会和你不期而遇,会让你越来越喜欢这座有温度、有特色、有梦想的城市。

　　经济之兴、创新之力、临空之美……作为国家级临空经济示范区的核心区块，靖江正展开双翼，借"机"腾飞，飞向更加美好的明天！

似水年华的靖江老街（外一篇）

◎余观祥

【题记】 十二岁那年，我小学毕业。为拍毕业证照，我和七个同学舍近求远，去位于靖江殿的靖江照相馆拍一寸照。我家在偏僻的新湾底，这是我第一次骑着自行车出远门，第一次在途中看到了公共汽车，第一次与靖江殿亲密接触。五十年弹指一挥间，五十年后我故地重游，找回了许多记忆和乡愁。靖江现已成为一座名副其实的空港新城，航空总部、智慧物流、现代服务业等纷纷入驻，新楼新房鳞次栉比，善美靖江处处彰显。这些年，靖江街道始终遵循"开发与保护同步，老街与人们共在"的原则，把靖江殿老街保护得完好无瑕，为沙地历史文化的存留，贡献了靖江力量。

去靖江殿拍照

小时候，去靖江街，沙地人管叫去靖江殿。听大人们讲，在清乾隆年间，靖江地处钱塘江口，是风口浪尖之地，常饱受潮水侵袭之苦，四季有潮灾发生。人们祈求江静浪平，一方平安，在江边建起一庙宇，取名靖江殿，靖江殿由此得名。

我第一次去靖江殿，是五十年前的事。那年小学毕业，毕业证上要用一寸的标准照片。那时所在的新湾街里也有一爿照相馆，不知道什么原因，一直关门歇业，近一点的义盛照相馆，人家说拍照技术不怎么样，都说靖江照相馆拍出来的照片好。于是，我们舍近求远，一个夏天的早上，我与七个同学相约，两人拼用一辆自行车，一同结伴前往十三公里外的靖江照相馆。那年我十二岁，是第一次出远门，同学们大多也是第一次出远门，我们显得特别兴奋，途中轮换着骑行，时不时相互追逐。

途经义盛后，我们上了义盛至靖江的石子公路，感觉马路是那么宽阔，骑行是那么舒坦，心目中的一股城市味扑面而来。骑了约十分钟，远处一辆公共汽车进入我们的视野，大家欣喜不已，不约而同地说，快下车快下车，看公共汽车。同学们都迅捷地跳下了车，双手扶着车把，停靠在行道树旁，傻傻地站着，目不转睛地盯着那辆由远及近、蓝白相间的公共汽车。瞬间，汽车从我们身旁疾驰而过，车尾卷起了一阵浓浓的风尘，留下一股淡淡的汽油味后，公共汽车顿时便消失得无影无踪。

又骑行了约二十多分钟，我们到达了靖江桥。靖江桥横跨在方迁溇直河上，桥长十六七米，桥宽五六米，显得非常狭窄和单薄。这座桥是承载青蓬公路的所有车辆通行的，东西两个桥塸头与公路连接，转弯非常小，公共汽车在此转弯上桥，每一次都是一种考验。

过桥后，我们向一位长者问了去照相馆的路。他热情地告

诉我们，沿这条安澜湾过去，到安澜桥后右转，走二三十步后，再左转向西走百步路就到了，他并用手指指路的走向。我们谢过他后，根据这位长者的指向，推着自行车，行走在青石板路上，一边观赏着靖江老街的风貌，一边双眼用力地搜索着照相馆。

走到老街路后，一个左转，拐进了另一条小街，再往西走，没一歇工夫，一排黛瓦白墙，通板排门，用油漆书写着"靖江照相馆"五个字的两层街面房，赫然映入我们的眼帘。初出茅庐的我们，清楚无疑地看到了照相馆，一阵兴奋，一种成就感油然而生。

走进照相馆，看到一位女店员正全神贯注地在玻璃柜台上，用专裁照片的裁剪刀在裁剪照片，裁剪时发出"嚓嚓嚓"的声响，裁下后的照片四边都是花边，看上去别有一种美感。照相馆的柜台内，摆满了各式小尺寸的黑白样照，有单人照、双人照、儿童照、风景照等。墙上挂着大尺寸的黑白样照，分别有集体照、肖像照、全家合照等。大家看了样照，每张都拍得跟真人一模一样，顿时觉得骑那么多路，来靖江照相馆拍毕业证照很值。

过了一会儿，店员问话了，小朋友们想要拍照吗？大家异口同声地说，是的。我们问了一下价格和拿照片的时间，付过钱后，直上二楼拍摄间。八个人先后走在木梯上，木梯发出了"吱吱嘎嘎"的声音，有点摇摇欲坠的感觉。

拍摄间顶上，是人字形的屋面，显得很逼仄，黑乎乎的桁条和椽子裸露在外，椽子上嵌有两块硕大的玻璃，作为天窗用来采光。我们上去时，正好有一对情侣，坐着在拍双照（结婚照）。三脚架支着一只木壳的照相机，摄影师的头和木壳照相机上罩着一块黑布，摄影师手里还握着一个皮球似的东西，一支细软的皮管，一头连着照相机，一头连着皮球。摄影师不停地在提示这对情侣，"看照相机，笑一笑，看照相机，笑一笑……"。这对情侣似乎有点紧张，一直僵硬着脸，没有一点笑的表情。摄影师有点无奈，提示了几次后，"咔嚓"一声，就按下了快门。

这对情侣双照拍好后，提出要再拍几张风景照，摄影师从屏风的后面，移出一张张用油画风景画，有钱塘江大桥、三潭印月、西湖春色等背景画，供他俩挑选。他们挑选了一张三潭印月，一张钱塘江大桥，然后站在一起，有一点错落的站法，拍了两张风景照。拍完照后，涨红着脸，快步地下楼去了，仿佛做了一件不能见光的事，迅速离开了照相馆。接着，轮到我们拍照了，我们一个个接着拍，不一会儿工夫，都拍好了。同学们都是第一次拍照，都僵硬着脸，都显得那么紧张。

在靖江殿玩耍

这次去靖江殿，同学们事先有个约定，远行一趟不容易，要在靖江殿玩个够，都向父母要了一点零花钱和几两粮票，中午买一两个馒头和油球充充饥。拍完照大概是上午十点光景，我提议先在街上荡一圈看看，大家都说好的。一圈走下来后，大家对靖江殿街，有了一个大致的了解。靖江殿主街呈南北走向，五六百米长，街面用青石板路铺设，约四米宽，街面房清一色为白墙黛瓦建造，看上去都有了一定的年代感。

沿街两侧都是店铺，店铺门都用活动的排门。开店时，顺木槽一块块卸下，就露出店柜了，打烊时，再顺木槽一块块地装上，即店门关上了。也有不少街面店铺，并非用来开店，里面住着一户户老街居民。街上有供销社合作社的店铺，有商业合作社的店铺，也有花边收购站。街面上有南货店、副百店、胖花店、裁缝铺、钟表店、豆腐店、白铁店、剃头店、生产资料店等，各式店铺，应有尽有，我们看得目不暇接，大有流连忘返之感。

老街上的热闹点，集中在安澜桥南北，安澜桥处在直街中心略偏南一点。我们先去了安澜桥，该桥有六米左右宽，整座桥的桥身均用青石垒起，两边各有约一米宽的人行道，比桥面高出十多厘米。东西两侧的扶栏很有特色，栏柱、栏板特别粗壮和厚实，看起来坚固无比。桥洞是用一块块五六十厘米的青石建的，环成一个半圆形，倒映在水中。这种桥形，沙地很少见，我们都是第一次看到，都很是好奇。一向胆大的阿芳，趁大家不留意，轻快地行走在扶栏之上，胆小的我一阵心悸。

安澜桥玩够了，我们下了桥，去寻找馒头店，把午饭解决掉。在馒头店，各自买了馒头或油球，狼吞虎咽般地吃下。饭后，再继续荡街，继续寻找游玩的目标。走着走着，又到安澜桥的南侧了，突然间，耳边传来彭哒、彭哒……一种既有节奏，又有闷声响的声音。近前询问，才知是机器在弹棉花。

"胖花店"有一台木头做成外壳的机器，机器侧面装有一个硕大的大轮子和一个小轮子，用皮带连接着。机器正面站着一个五十开外的女人，她不停地踩一块板，麻利地把棉花花皮，一点一点从机器上方的一个口子放进去。踩快了，轮子转动得快一些，蓬松的棉花花絮出来多一些，踩慢了，木轮转动得慢一些，蓬松的棉花花絮出来少一些。她不停地重复着这样一个动作，似乎有点吃力。

机器弹棉花，我们看着觉得好玩，想踩踩试试的心，早就萌生了。于是，向阿姨提出，帮她踩几下，阿姨同意了，我们轮流着踩。刚踩上几下，个个都很能用上力，轮子转得飞快，蓬松的棉花花絮出来也很多；没踩多久，个个都大汗淋漓，上气不接下气了。我们体验了一番"胖花"后，又去寻找下一个玩耍的地方了。

同学们一行走着走着，走到一爿白铁铺子前，看着师傅"叮叮当当"地在敲打，近前一看，发现师傅在做一只白铁淘箩。师傅骑坐在一张长条凳上，凳上斜插着一根方形铁棒，铁棒的头呈鸭嘴状，把一只半成品的淘箩斜套在铁棒上。师傅一只手扶着淘箩，另一只手用鸭嘴榔头，"叮叮当当"地敲打正在咬接淘箩的箩身与箩底。他时而敲打，时而将淘箩从铁棒上取下来，瞧瞧。然后再套在铁棒上，再继续敲敲打打。不一会儿，一只全新的淘箩，就这样出炉了。

这爿白铁铺子，既做新的，也修旧的。墙壁上方的屋架上，挂满了白铁皮做的水桶、淘箩、接漏、茶桶等。在他漆黑的焊炉旁，七倒八歪地放满了铜制的洋（煤）油灯、铜勺、汤罐和汤壶等。不经意间，已经是下午两点多了。大家在意犹未尽中，告别了靖江殿。

故地重游靖江殿

记忆中，我到过靖江殿老街前前后后有三四次，但每一次都是路过而已，没有太多的印象。今年夏天，区作协组织了一

次靖江街道采风活动，事后的一个早上，我单枪匹马，寻访了心心念念的靖江殿老街。老街保存得相对完好，蓝底白字的街路路牌标识为"安澜路"。安澜桥静卧在碧波荡漾的安澜河上，桥上人来人往热闹非凡，桥的南侧四五十米，有一个自发形成的菜市场，附近村民把自己种植的葫芦、茄子、青菜、青南瓜、嫩花生和嫩毛豆，挑到这里来售卖，买卖的人群进进出出，为老街平添了些许气氛。稍后，我迫不及待地去寻找第一次留下人生瞬间的照相馆。

照相馆的房子依然还在，但已完全变了模样。一眼望去，墙头斑驳、屋面凹陷、瓦片残缺、电线凌乱，给人沧桑之感。房子的门楣上钉着一块门牌，印有"靖江殿路2-2"字样，门前有两根生锈的铁管，艰难地支撑着二楼有点破旧的廊檐板。老街上，大多住着一些上了年纪的老街人，也有不少是新萧山人，他们在靖江打拼，租居在这里。故地重游，感慨万千。于是，寻访老街人的念头，跃然占据我的脑际。寻访中，有三位守望者，让我印象特别深刻。

守望者之一，他的大名叫王凤生，但晓得他大名的人并不多，知道他小名王小毛的为大多数，人称小毛伯。他出生于1934年，今年八十九岁高龄，身材瘦长，腰杆子挺拔，脸色红润，看上去要比实际年龄年轻十多岁。他和老伴居住在安澜路183号，前店后居，店面坐东朝西。他还在从事着剃头行当，主要服务一些老顾客。

小毛伯说，他十九岁那年拜师学剃头，二十一岁那年应征入伍，光荣地成为中国人民解放军空军上海虹桥机场的地勤兵，在部队一待就是六年。1961年，二十七岁的他退伍后，回到了老街，又拿起了剃头刀，重操旧业，开起了剃头店。个人单干一年不到，1962年，居委会动员他参加合作商店，从此成为合作商店的一员，他仍从事着剃头行当。1965年，他从合作商店调到副食品商店，到1994年退休，一直担任副食品商店经理。

退休后身板硬朗的他，觉得闲着实在无聊，在左邻右舍的提议下，再度重操旧业，在自家街面上，置起了剃头家什，开起了剃头店。因手艺和人缘名声在外，慕名前来剃头的人接踵而至，兴隆的生意，给了他一个很好的安慰。这剃头店一开，就是二十八年。

在与小毛伯攀谈中了解到，"近年生意并不多了，客源主要是一向认我剃头的老朋友，他们特别喜欢我修脸、刮胡子，还喜欢与我聊天。"他说，"头蓬老街上的老卢，原在靖江工作，一直就是我的老顾客，他九十岁出头了。早些年，身板还硬朗，每月一次乘着公交车来我这里剃头，雷打不动。近年，他的身体走下坡路了，有点力不从心了，虽还是每月一次，不过每次都有他孝顺儿子陪同，用轿车接送的。

"还有那个老何，也是我的老顾客。他也九十多岁了，退休后定居在萧山高桥小区。他七八十岁时，一个月两次到我这里来，不是剃头就是修脸，更多的是聊天。八十五岁过后，渐渐减少次数了，毕竟年龄不饶人啊。老何常说，每一次我给他修脸，都是一种很好的享受。"

小毛伯说，这样的铁杆老顾客还有很多，与其说是在他这里剃头，不如说是他们愉快地在一起，度过那弥足珍贵的每一分钟。

守望者之二，安澜路84号的李佰春夫妻。他俩同年出生，都七十四岁了。他和夫人一起开了一爿主营烟酒的店，兼营饮料和糕点。烟酒店位于安澜桥的南侧，店面坐西朝东，店对面就是自发形成的菜市场，周围人气超旺，小店生意当然不会差到哪里去。他家的店面，是原花边厂的房子，建于20世纪70年代，与其他老街店面不一样，是五层楼房，当年可是靖江殿的地标，但因年久失修，内墙渗漏严重，墙壁上渗漏引起的霉斑到处都是。

夫妻俩原都在靖江花边厂工作，他是收发员，夫人是非编的检验员。花边厂在20世纪六七十年代，是萧山二轻系统的利税大户，名扬国内外。这间一至五层的房子，是小产权房，他俩花三万块钱，从花边厂买过来的。随着乡镇企业的兴起，手工针线活很少有人愿意做，花边厂渐渐江河日下。1999年花边厂转资，他领了一万多元的工龄补贴。在他五十三岁那年他下岗了，开始自谋职业，就在自家店面这里，开起了这爿烟酒店，一开就二十三年。夫妻一起，共同守望着老街。

守望者之三，安澜路120号的王伯康。他的店面位于安澜桥北侧，也坐西朝东。特别有意思的是，他的店面是通排老排门，排门上还保存着那块20世纪七八十年代白底黑字"靖江副百商店综合门市部"的大型店匾，特别醒目，但个别字因风雨侵蚀，已残缺不全了。这店面，老王现用来修理建筑工地上用的小型发电机、切割机、磨光机等工具。

他告诉我，他今年六十五岁，曾在东海舰队某航空兵后勤队服役，从事车辆维修，一待就是九年。本想考技师，在部队干一辈子，不承想，后来军委下达命令，凡提干人员都必须进军事院校深造，他一个初中生，可谓望洋兴叹，他就这样失望地离开了部队。现在这间店面，曾是他夫人工作的地方，在商店2000年转制时，他们买下的。他原来是在乐园长虹桥开店修这些东西的，那里搞拆迁了，去年他搬到这里来了。在这里，他也变成老街人了，守望着当年最繁华的地段。

靖江殿老街的人和事，勾起了我许多回忆和乡愁。五十年很长，但我还记忆犹新；五十年很短，弹指一挥间。值此，致敬所有守望老街的老街人和新萧山人！

伟南桥边忆往昔

伟南桥，位于靖江街道内，它跨越在义南横河上，是沙地南北交通的重要枢纽，承载着"青六线"繁忙的交通重任。这里车来车往，川流不息，景象繁忙。盛夏的早上，碧空如洗，万里无云。我站在桥上，向东西眺望，一河清水，水平如镜，波光粼粼。宽阔的河面上，时不时有鱼儿跃出，让平静的水面，荡起层层涟漪，涟漪圈由小及大，由高及低，圈圈层层，一圈一圈地荡漾开去。我目不转睛地欣赏着这多姿的画面，享受着这道难得的风景。

稍后，我下桥去。首先映入眼帘的是一排青灰色仿木扶栏，装置在整齐划一的石坎上，向东西笔直伸展。漫步在翠樟掩映的义南横河河畔，行走在曲径通幽的栈道上，呼吸着清新的空气，聆听着鸟儿的啁啾和知了的蝉鸣声，目睹着一位位钓友依扶着栏杆，宁心静气地进行垂钓，这些勾勒出一幅幅动人的画面。此时此刻，我心旷神怡，思绪万千，百感交集，脑海里不由自主地回放着三四十年前，这伟南桥和义南横河的点点滴滴。

1981年6月，乡镇企业如雨后春笋，势如破竹，我有幸被招入义蓬区属企业——萧山义蓬水泥厂工作，我的岗位是自备船队船员。当年义蓬水泥厂有两档自备船，分别叫一号拖和二号拖，我被分配在二号拖驳船做船员。一号拖船型大，主要去富阳运输厂运石灰石。二号拖船型小，主要到萧山火车站装些厂用无烟煤、矿渣、铁粉、石膏等原辅材料。从水泥厂至萧山城区的航道，义南横湾是一条必经之路。因工作关系，我们差不多每天都要经过一次义南横河这一航段。

义南横河当年是裸岸型湾边，两岸芦苇遍布，杂草丛生。岸边凹凹凸凸，坑坑洼洼，有时上游的漂浮物，搁浅在芦苇脚边，一堆接着一堆。遇上下倾盆大雨时，沙土伴随着雨水向河中倾泻而下，致使河水浑浊不堪，河床很容易抬高。河的北侧，建有一条七八米宽的石子马路，西起南阳，东至党湾，是一条贯通沙地东西的主干道，对此路，常有人调侃说，"下雨打炮、晴天放鹞"。意思是：下雨天，疾驰而过的卡车，车轮飞进水汪塘，浑浊的泥浆，像发射的炮弹一样，飞射而出，路人防不胜防。干旱的晴天，飞驰的车尾后，会扬起一道长龙似的灰尘，仿佛像一串硕大的鹞子，向天空放飞而去。

义南横河沿线，是麻农种植络麻的一大区域。每当剥麻期，在横河航道上沤烂络麻，是麻农不二的选择。南北两岸的麻农，有剥成麻片在河里成串沤烂的，有带秆打成麻堆，成堆浸洗的。这样河两边一经沤麻，只留出中间窄窄的一条航道，有时两艘轮拖交会，显得很困难，稍有不慎，沤烂的麻片会缠绕机头的叶轮，使之动弹不得，如缠上了烂麻堆，不仅使叶轮无法动弹，还会引来赔偿。在烂麻期，最让人难受的是，当机头巨大的叶轮快速地转动，推进整档驳船前进时，河水被叶轮搅动，从河底翻江倒海似的向河面翻滚，漆黑的河水随着船只的前进，水流急剧地往后滚动，一股股窒息的臭味，一阵阵地从河面喷涌而出，扑面袭来，恶臭难挡，只能掩鼻而过。

当年船工有句话，"天不怕，地不怕，最怕船底触暗'礁'"。乂南横河，曾是围垦运石船途经的主要航道，每天会经过成百上千只运石船。他们在运石过程中，一旦出现险情，会把船内的大石块，徒手搬出河面，日积月累，航道两边石块遍布。每当枯水期，河水干枯时，这些"礁"石浮出了水面，露出了真容，航行人看后，个个胆战心惊，生怕这些礁石，有一天会触到自己的船底，自己的船顷刻间淹没于河底。

在船队航行时，我所在的驳船，有一次在伟南桥下装载货物，在装卸间隙，我爬上了伟南桥。伟南桥，呈半拱形建造，横跨在乂南横河上，桥的南北两侧墩头，各建有上圆下方、高低不一的三个导洪孔。这些导洪孔，主要起两大作用：一是如遇上特大洪水灾害，可大大增加洪水通过量，有效减少洪水的阻力，延长桥的使用寿命；二是能节省建设材料，有效减轻桥的自身重量，在视角上也能增强美观度。但整座桥给人的感觉是，桥身显得很单薄，桥面仅容一辆公共汽车通行。桥的栏杆因拖拉机等的碰撞，多处残缺不全，因风雨剥蚀，仅存的几根栏柱，钢筋裸露，锈迹斑斑。走在桥的中央，遇上拖拉机经过，桥面会产生突突的抖动，让人顿生惊恐之感。站在桥的中央，环顾四周，民房低矮，间或还有几间直头舍和横舍，建在乂南

横河南北两岸的堆方上。这里车马稀少，给人一种荒凉之感。

1985年1月，因工作需要，我调离了义蓬水泥厂，去了同是义蓬区属企业的义蓬色织厂，从事行政管理工作。从此告别了义蓬水泥厂，告别了船运工作，从此也与义南横河少了一些来往，多了一份牵挂。

四十年弹指一挥间。伟南桥这一带，有了翻天覆地的变化。她在靖江新城建设中，成了老区与新区的交会点，名副其实地成为一处黄金地标。南岸各种店铺紧挨，商业气息浓厚，集聚久加久酒博汇连锁店、豪杰二手车等现代服务业，他们诚迎四方宾客，在这里生根发迹。北岸新楼新房拔地而起，鳞次栉比。杰牌控股集团有限公司、万里汽修等实体企业和第三产业，创新创业，各自打下了自己的一方天地，成了行业的标杆。特别值得一提的是，那座岌岌可危的伟南桥，早已改建成宽阔的钢筋混凝土梁板桥，那条贯穿南北的青蓬公路，也早已拓宽

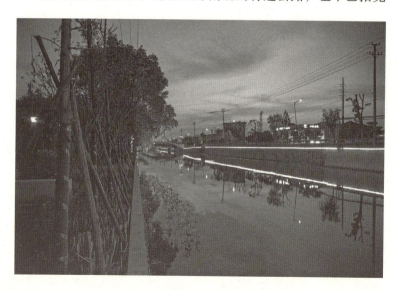

成了双向六车道的柏油路，其路名易名为"青六南路"。那条用石子铺就，连接沙地东西的义南横河沿线道路（伟老线），早已浇筑成双向四车道的柏油路，冠名"兴乐路"。这两条串起南北和东西的大道，连接起新区和老区，书写着靖江新的传奇。

岁月悠悠。据我所了解，在我调离拖驳船队的三十多年间，义南横河有过两次大规模的疏浚，河道变宽、变直、变深了。近日，萧山区作协组织了一次靖江街道的采风活动，其中一个采风点，就是义南横河美丽河湖综合整治工程。我随采风团的作家们一行，来到了这既熟悉又陌生的河道边。两岸石坎壁垒，石坎上绿树成荫，绿道相伴，石坎下挺水植物遍布，绿意盎然。一位随行的街道部门负责人介绍，义南横河美丽河湖综合整治工程，东起牛拖湾，西至机场排涝闸，创建长度三点四公里，景观面积达三点一万平方米，打造成了安全流畅、生态健康、水清景美的美丽河湖，这里成了人们晨练、游玩、垂钓的好去处。

伟南桥和义南横河，你天翻地覆的变化，仅仅是靖江飞速发展的一个缩影，是靖江人民美丽家乡建设的真实写照，是靖江人民的领航人科学整治的丰硕成果。我为你喝彩、点赞、鼓掌。

亦梦亦幻是故乡

◎ 金柏泉

"故乡"两字，不仅仅是个地域概念，更是一个情感词汇。

远离故乡的人，一想到生养长大的故乡，满满的思乡之情浸透全身的情感细胞；也有因为对某个曾经生活或工作过的地方产生浓浓的依恋，魂牵梦萦中把这个外乡当成自己的故乡，以寄托满怀的情思。

前者，因故乡而情；后者，因情而故乡。

这次区作协组织去靖江街道采风，心里有点小激动：靖江，就是我第二层意思的那个故乡。

梦幻之一：青天白日"鬼打墙"

车到靖江，有一种回到家的感觉。道路和街景早已不是当年的模样，要是不看路牌，真不敢相信这就是当年让我转不出圈的野田畈所在。

靖江印记

十八年前，因公被派到靖江某村蹲点。说是指导工作，实际上是去体验生活。村里条件所限，吃住在镇里（老镇政府），往返于镇、村，六七里路，骑自行车大约十五分钟。

第一次从镇上去村里，是在一个雨蒙蒙的上午。我披着雨衣，骑上镇里配的自行车，按图索骥，行进在一条新修不久的乡间公路上。乡村的道路都差不多，虽不宽，但车辆少，很舒畅。当时正值暮春，道路的两边是金黄色的油菜花和碧绿的麦田，一眼望不到头。好奇于早已难得一见的童年景象，忍不住边欣赏边回忆，想象着麦田沟里割青草、油菜蓬里烧野火豆的情景。

骑着骑着，感觉不对劲——原来一开始自己就搞错了方向。自小方位感不强的自己，在没有地标的旷野，还敢心猿意马，哪有不走错路的理！见远处有一农妇在田间劳作，赶紧趋前问路，答："这里往前，遇直路，横过，有条湾，上南，再落北，沿横路一直骑，十多分钟就到。"稀里糊涂地听，云里雾里地骑，转了一大圈又在老地方；再问，再行，再打圈。如此几个圈子绕下来，原本十五分钟就可以到达目的地，却梦游般绕了将近两个小时，难道真有传说中的"鬼打墙"？

于是傻想，要是换成现在走这条路，无论如何也不至于走错。原先尽是庄稼的道路两侧，布满鳞次栉比的各色商铺，醒目的路牌指引你前进的方向，即使不认识字，至少随处有人问路，不像那时，连个人影都很难找到。

胡思乱想间，车停在了一高楼前，"中国东方航空浙江分公司"等字样赫然在目。高楼坐落在一片住宅小区，原来的乡间野地，不仅早已成为繁华的商业、人居地带，还吸引大型国

企在这里设立分部，足见其营商环境的优越。

真真切切的现实面前，雨中绕圈那一幕，越想越像是做梦。

梦幻之二：午夜时分牛肉面

故乡处处是企业。眼前是一家研发、生产服装面料的织造公司，偌大的车间到处都是隆隆的机器声和忙碌的工人。制冷空调开足马力，还是无法阻止工人们汗湿了衣衫。现在尚未进入盛夏，下一阶段气温会更高，会不会因为电力不足限制用电？

陪同人员的回答消除了我的担忧："不会不会，2004年有过'有序用电'的限电措施，那以后再也没有大面积控过电。"

那一年，有序用电的日子，给我留下特别深刻的印象。

村里仅有的五名专职干部，全部留守村委小楼夜间值班，轮流巡查所辖区域有没有违规开机的工厂。驻点村够大，从东到西再由南到北几个来回下来，少说得个把小时；被烈日晒过的村间道路够热，刚刚喝下肚子的一瓶矿泉水没一会儿就蒸发得差不多了。不过更难受的是，在没有空调的办公室，后窗外是一条不太清洁的小河，蚊子"嗡嗡嗡"地从敞开着的窗口飞进来，见人就咬。一把摇头电扇驱不走闷热，更赶不走叮在身上不松口的小小"吸血鬼"。

终于熬到午夜零时，这是到了可以正常用电的时间点，一天的值班结束。此刻村书记大手一挥："走，瓜沥吃牛肉面去，我请客。"几位饥肠辘辘的夜游神，早就在等这句话似的，骑上摩托车呼啦啦出发。我坐上村书记的摩托车后座，直奔瓜沥。

深夜的风，呼呼地吹在身上，让人感觉到一丝难得的凉爽。

"书记，现在家家户户都有空调，为什么唯独村委办公室没有？"憋在我心中的疑问，趁此一对一的机会，试探性提出。

"不瞒你说，我们村的家底不厚，当然，装几台空调的钱还是有的。关键是两千四百多口人的一个大村，到处都需要钱，只能节约着花。比如眼下推进新农村建设这件事，无论道路硬化、亮化，还是河道整治、统一建造垃圾箱，等等，没有一样不花钱。实施过程中难免要涉及农户的田地，虽说土地是集体的，但青苗费总得赔给人家。现在村经济捉襟见肘，我们少花一分钱，农户就可多拿到一分钱，我们的工作就好开展不少……"书记的话语与他宽厚的脊背一样淳朴厚实。

说话间，面馆到了。前面的人已经帮每人点好了一碗牛肉面，等我们一落座，热气腾腾的大碗牛肉面就摆在了面前。

咖啡色的浓汤浸润着黄亮的细面，薄薄的牛肉片覆盖在面上，面香、肉香和着浓郁的葱花香，引诱得几位饿汉不顾是否烫口哧溜哧溜吃起来。我也不客气，捞一筷临空，吹几口气，入嘴。那味道，简直绝了，怎一个"美"字可以形容！正所谓好吃不过饥，也许还有一路畅谈的好心情。这碗牛肉面，是我吃过的感觉最美味的面条。

已是后半夜的回程中迷糊恍惚，坐在摩托车上一颠一簸，有点腾云驾雾的感觉，半梦半醒中还在回味刚才的牛肉面大餐，像是刚刚赴蟠桃盛宴回来……

梦幻之三：去而复来村委楼

将近中午，采风活动的所有集体活动结束，下午可以自由

活动，正好成全我回"娘家"看看的想法。

老书记开着私家车把我接上，转了两个弯，没有走我最熟悉的那条直路。

"当年你骑自行车的那条路，因城镇化的迅速发展，早已被网格成一个个居民小区，目前的东西向通道北移至地铁沿线，我们村附近就有一个地铁站。现在从萧山城区来村里，再也不用公交车、自行车一路辗转，更不会遇上'鬼打墙'那样的怪事。"老书记叙述着家乡的变化，还不忘顺便调侃我一下。

刚刚离村那几年，至少每年回这里一趟，后来忙于事务，来得很少了，记得最后那次，是六七年前来书记家喝喜酒，顺便到启用不久的新村委大楼参观。那时候，经过多年经营的村级经济得到了很大的发展，村里家底丰厚了，漂亮大气的村委新大楼的建成，代表着村委一班人带领全村村民这些年取得的成果。

虽然新大楼很好，可是我更留恋的是那原先的小楼。

车子停稳，下车一看，这地方如此熟悉。原来我们到的不是新大楼，而是原先的老小楼。

本以为是书记善解人意，特地带我来这里怀旧。可是上楼一看，这分明就是现村委的办公地啊！二楼的转角处，还是那个宣传栏，一张张肖像照好些我都能叫出名字；直通通的走廊，被粉刷一新，那顶头第一间，依旧是书记的办公室；隔壁，就是当年我与老村长共同的工作场所。办公室里的物件，除了新添的空调，几乎与原先一模一样。我有点惊讶：这不是在做梦吧？明明已换了新楼，怎么又回到了从前？

看我神情，书记猜到我心中的疑惑，说道："新大楼在路边，位置好，有企业看中想租用，一年七十多万的租金，我们商量了一下，觉得这是一笔不小的收益，可以为村里办很多实事。于是，就又搬回了老小楼。"

"哈哈哈，你还是那么抠，分分厘厘精打细算，怪不得村里的面貌日新月异。可是，你就不怕成群的蚊子从后窗飞进来咬你？"我也趁机报复一下他刚才的揶揄。

"不会不会，后面那条你记忆中的臭水河，早已变成了可以下水游泳的清水河了。水质好蚊子就少，而且现在装了空调，不用开窗通风，有蚊子也飞不进来，再也不用受当年蚊虫叮咬之苦。"

那么多年的交情，两人的对话无拘无束，完全就像兄弟俩拉家常。时值午饭时分，想到当年的牛肉面，直言问："今天是不是再去吃牛肉面？"

"不，不，那时周边连吃点夜宵的地方都找不到，只能远

赴瓜沥去垫肚子。现在不一样了，没几十米路就有一家小餐馆，味道不错。今天相聚不容易，又是周六，我叫了当年同过事的几个老朋友，咱一起喝两盅。"书记早就备好了从家里带来的珍藏好酒，大手一挥："出发！"

喝酒最怕遇知己，千杯下肚还豪言。醉眼迷离，坐在回家的地铁上，飘飘忽忽；久远的记忆、梦里的场景，还有刚刚看到的一切，旋转、搅和、极速向前，像是在一条色彩斑斓的时光隧道里穿越。

靖江，一切都变了，又似乎什么都没有变——这就是我那个亦梦亦真、且幻且实的第二故乡。

云中谁寄"靖"书来

◎萧　薇

　　纯净的天空，一尘不染。飞机划破云团，拉长了影子，铺出一条白色的河。街道广场中央的"大鸟"，威武挺拔，岁月只不过是羽翼两侧的尘埃，来了又去。天地之间，遥相呼应，仿佛云里飞来的信使。

　　这是我第一次来靖江，像人生中途偶遇的一个朋友，不免带着过往的阅历来审视。如果说，一个人的故乡是老友，往后人生中遇到的每一处地方，总会带着故乡的情感做比较。靖江的四季于我是陌生的，在这个炎热的夏日遇见，它是一抹蓝，天空是碧蓝，厂房是瓦蓝，连街道广场中央的飞机也并没有因为年复一年风雨洗涤而少一分蓝。

　　听闻这架飞机已经在靖江的土地上静静守卫了十六年。2006年，国航带着无限宠溺将这架退役国产飞机送到靖江，像传世珍宝一般贵重的礼物，成了靖江的城雕。这份爱，显然是

贵重的。这架退役的飞机名叫"运七"，它是我国第一代自行设计、制造的机型，1966年由周恩来总理批准投入研制，1970年飞上蓝天。这个神圣的历史背景恰好突显了靖江在航空领域的重要地位。

或许正是因为有了自己的图腾，靖江像一只展翅的飞鸟，在新时代的道路上一路腾飞。身处优越的地理环境，助推经济突飞猛进，纺织印染、针织服装、传动机械等传统产业升级优化，与时俱进，靖江终于褪去羞涩的外衣，换上时尚的国际蓝，一改羞羞答答的形象，张开双臂，一跃而上，乘着空中航班，飞向世界。

历史总是惊人的相似，一个地方的底蕴总会在书声琅琅里找到。不得不想起我的故乡，那条镌刻着时代斑驳的老街，所有的记忆，仿佛都能在这里找到归处。然而，靖江，是崭新的，

仿佛并没有多少积淀。城市的每一块砖瓦，都跳动着鲜活的脉搏，在这热闹的烈日下，争相奔赴。然而，我又错了。并不是所有的记忆都可以用陈旧来证明，真正的传承恰恰是历久弥新。走进靖江中学，两旁绿树已成荫，纵使烈日也失去了锋利的光芒。树下横卧一巨石，像一位智者。上面"根深叶茂"四个大字赫然入目，仿佛是在赞颂这条通往知识大门的绿荫道！是的，已无须多作停留，答案在树枝的交错里，熠熠生辉。

已近午时，温度的攀升并没有减轻肚皮里的空虚。锅铲翻炒后的诱人香气，浅一阵，深一阵，在空气里推波助澜，断断续续飘过我鼻尖，又飘向别处。再也控制不住思绪的出轨：红烧狮子头，酱爆茄子，还是皮蛋瘦肉粥？

眼前干净的餐馆是靖江一处老年食堂。细细盘问之后，才发现自己仿佛久在樊笼里，在赋能小康的时代，养老早已不再

是一个家庭的负担。靖江大约有三四个这样的食堂，每个食堂分管着周边三四个村的老人。当然，"老人"一词，又一次颠覆了我的世界观。工作人员口中的老人是指村里八十岁以上的老者，这样一盘算，我与老的距离生生拉长了二十年。在我的记忆里，故乡的"老"总来得特别早，不管是白霜初染，还是褶皱乍现，只要不再年轻就被定义为老人。这种定义向来是不被我真心接纳的，在我看来，无论几

岁，在滚滚岁月里，人始终是稚嫩的。只要还有新的思想，应该一直年轻……

言归正传，打着阳伞，一路走走停停，太阳炙烤着肉体，拷问着灵魂。汗水顺着额角滑落，清晰地打在地面，还未折射出影子，已跃过头顶，飞入云层。看过家乡的山水，靖江的美不算秀丽，少了自然的馈赠，缺了几分柔美。一眼望去，河水像热化的碧玉，静静地镶嵌在河道中央，河面偶尔掠过几只飞虫，才映出淡淡的水晕。它的美，并不在此处。逐级而下，河道两侧大理石的栏杆，围出一条长长的人行步道。两旁绿植繁茂，或垂柳，或攀岩，绿的翠绿，红的艳红，只留出通行的碎石小路，铺成盛开的花纹，走在上面，肃然起敬，像是赴一场隆重的盛宴。这样的美有别于小家碧玉，时尚而贵气，带着几许盛气凌人，却又让人心服口服。

走过靖江，却与天空赴约，那位久远的信使，还在寄来昨日的信笺。密密麻麻的文字在时光里消融，染成了一抹靖江的蓝。

挥翅的靖江蓝

◎李沅哲

生活中，有一种颜色离我们很近，一抬头就能看见。

我们像是被呵护的子民，时刻处于它的凝望之中，也栖身于它的怀抱之间。有时，它是晴日里澄净如洗的天空的颜色，是一望无际浮动着的海洋的颜色，也是云霄之外浩瀚宇宙的颜色。这些蓝色，总离靖江很近，也极易起飞。

靖江的蓝，比别处着色更多一些。似乎是某位画家为了调一种蓝色，画笔意外染上一种其他色而多调了几个色值。每一种蓝都好看，于是我们在靖江看到了航空蓝、织布蓝、制服蓝、潮水蓝……

一

在靖江街道政府正前方的广场，一架大飞机蓄势待飞。蓝天下，静静望着，思绪很难不跟着一起去飞。

"运七"，我国第一代自行设计制造的机型，长23.7米、叶展29.2米、高8.6米。可是，一架来自武汉天河机场的退役飞机，怎么就在萧山靖江安了家？

靖江街道西面是杭州萧山国际机场，也是萧山获批国家级临空经济示范区的核心功能区块。多年来，一直围绕着"依托空港，建设靖江"的发展定位树立城市形象。

2006年，靖江街道有意打造一座飞机雕塑作为城镇形象地标。当时市面上一座像样的大型城市雕塑也要一百来万元，即使是铜雕，日后的维护费用也不低。当友好单位中国国际航空公司浙江分公司得知这一想法后，主动提出赠送一架退役的"运七"。退役"运七"平时一直停在仓库里，与其按三万元市场价当废品卖掉，还不如再发挥一下"余热"。

就这样，双方一拍即合，退役的"运七"随即从武汉天河机场，经过长途跋涉来到了靖江。一番装修后，飞机又以崭新的面貌呈现在人们的面前。十多年过去，这位新朋友成为当地居民的"老熟人"，成了他们茶余饭后的一份念想。

最近，"运"系列飞机运-20传来好消息。一则"空军试飞员揭秘运-20为何提前首飞"的新闻在校友圈刷屏。南昌航空大学1980级校友邓友明，是执行运-20首飞的试飞员，经过五年的刻苦训练，他攻克了具有重要意义的"飘飞"动作。运-20的改进型运油-20已经投入练兵备战，在2022年空军航空开放活动暨长春航空展上首次向社会公众展示，而运-20作为一型战略装备，国之重器，有望成为一代名机。

二

当采风的队伍抵达申达路399号时，一座崭新的现代建筑举着醒目的中国东方航空CHINA EASTERN标识出现在眼前，大堂里一架小的飞机模型吸引了一众作家合影打卡。引起我注意的则是东航浙江分公司（杭州）机场指挥中心———一块大的电子屏，几排指挥操作台。要知道指挥中心是机场运行的核心，其安全状态对机场全局有着举足轻重的影响。航线轨道、天气状况、安全风险指数、数据安全预警等等都能在这里一一洞察。

东航在全国十二个重点城市布局，杭州作为其中一个重要市场，近年来不断在航网结构优化上、机型体量上加大投入。

2022年7月，中国东方航空股份有限公司杭州运营基地全新投用，集指挥、保障、运行等功能于一体。这家在杭州运行了长达二十六年之久的分公司，现已有员工六百七十余人。而

从指挥中心对面一处设备平台望出去见到的一栋崭新砖红色大楼正是东航员工的宿舍，员工工作、生活可以说是十分便利了。

三

纺织是靖江街道的传统主导产业，也曾是劳动密集型产业。为了消化劳动力成本压力，摆脱同质化竞争的枷锁，很多企业在车间兴起了"机器换人"，来拓展新的生存空间。

在福恩纺织，我们像一根根线被穿进了一个又一个车间，在极富节奏感的机器运转声中，目睹了一匹匹布的生产过程。令人感叹的是，尽管"机器换人"使得车间鲜少见到人工力量，但女工们并没有因此而卸下守护生活的铠甲。两位女工对立而坐，在一台机器前熟练地拨弄着密密麻麻的丝线，有一种古朴纺织的时空穿越感。

布料成品间，一张张蓝色布匹摸上去极有质感。与古代被视为清贫标志的"蓝衫""蓝袍"不同，福恩的服装面料深受中外客商的喜欢，远销日本、欧美等国际市场，也深受时尚品牌的认可。

不仅如此，车间区间还展示了公司生产的供婴幼儿使用的布料。到底是行业龙头企业，现代化纺织数字化、智能化的提升，让智能工厂运转更高效，也更有余力潜心精心织造，在市场细分、品质把控、环保生产、技术研发上下功夫，成为萧山区外贸出口十强企业、市级清洁生产企业、省级节水型企业。

"蓝，染青草也。"《说文解字》中说"蓝"最初是一种草本植物，叫蓼蓝，加工可以制成靛青，用作染料，所以也就成了一种颜色。《尔雅·释鸟》中也有用飞鸟阐释这个颜色的描述，"夏鳸（音hù，是农桑候鸟的通称）窃玄，秋鳸窃蓝，冬鳸窃黄"。

足以见得，蓝作为一种唯美的色彩，与大自然有着密不可分的关联，是大自然与生态资源最本真的底色。人与自然共享这颗星球赐予的神秘力量，我们唯有遵循自然的法则，保护平衡的生态系统，才能守住这些生动又美妙的传统色。

靖中琐忆

◎王杏芳　陈红梅

　　靖中人饱含深情地叙说着那些年、那些事、那些情。让我们一起随着夏日的风，插上天使的翅膀，飞翔在已逝的悠悠的岁月里！

记忆的角落，
时不时荡出怡悦的镜头，
晨曦微露共话美好，
黄昏霞光轻牵夕阳，
雨过雪霁朗月之下，
林荫隔空传鸣，
守巢的燕子可是旧时相识？
回忆落到绵绵的思绪里
无意间轻轻掀开，
残存的碎片，

拂拭之后，

依然历久弥新，

抖落一生的幸运。

在7月某天的云影天光下，我走进靖江初中。现代化的建筑和碧绿的草坪、淙淙的小河交相辉映，环境优美，这所被誉为"杭州市花园式单位"的学校一下子吸引了我的注意力。我决定写写它的故事。

我大学的三个同学都同时选择了在这所学校任职，到底是怎样的一片热土吸引他们选择靖中。我特此走访曾经在这里工作过的大学同学陈红梅老师。

大学姐妹一见面也格外亲热，我跟她讲明来历，她满脸笑容，哈哈笑着说："要讲讲靖中的好，那不是一时三刻讲得完的。2018年，60周年校庆我曾回去过一趟，寻觅着曾经的青葱年华，往事如电影般显现，那时的事、那时的人、那时的情，每每忆起都是心头最温柔的珍藏，除了怀念，更多的是一份感激与感

恩。那么就让我讲讲我们靖中的事吧。"

同学的话匣子打开，滔滔不绝起来："对于靖中，我有着别样的情愫，那可是我的第二故乡。我大学一毕业就在这里工作了六年，这教学生涯中最初的六年经历，是我生命中最为宝贵的财富。那时我们怀揣着梦想，肆意挥洒着我们青春的汗水和热血，而靖中也在不断包容、锤炼我们这样的新教师。在被不断地磨砺中，我们向青草更青处漫溯……

"靖中，学习氛围很浓厚，那是一片自由讨论的热土，是一座自主学习的殿堂。不仅同学间讨论热烈，同事间对专业问题也经常有激烈的讨论，各抒己见，其乐融融。这不就体现了孔老夫子提倡的'和而不同'的相处之道吗？犹忆某晚，春寒料峭，夜办公结束后，转移场地继续。我和同事小燕、杨英、伟军、红芳五人聚在小燕温馨的小屋里，一边咬着山核桃，一边谈论着智商、情商等素养问题。伟军高瞻远瞩，小燕旁征博引，红芳独辟蹊径，杨英精妙譬喻，加之我的插诨打科……

"记得这种秉烛夜谈时有发生，或两人，或三人，或多人。有时会争得面红耳赤，但依然乐此不疲。我们的教学研讨也是如此意见纷呈，各种思维的碰撞，击出了智慧的火花。我们互不谦让，最后又达成共识。我们的聊天记录已经消散在那样的夜色中，但岁月的痕迹深深烙刻在我们脸上、身上、心上，或深，或浅，或浓，或淡，友谊历经岁月打磨总成钻石，喜悦的心情一直在周身涌流漫延。"

同学继续讲着她的故事，我感觉自己没有插嘴的机会。"美好的回忆还有很多，除了学校宿舍里的串门夜聊外，我们经常三五成群在绿茵场上夜跑，还有饭后到银柳依依的河畔闲逛，劳累烦恼时坐在石凳上小憩话家常。欣悦花开花落，倾听清流滴答。岁月有痕，珍藏美丽瞬间。当蓦然回首时，依然是朗朗明月里一抹清亮的温暖。

"你看，我们的同事间很友爱吧。我们是同事，更是亲密的战友，我们一起成长进步。"

总算有我讲话的机会："是的，学校的同事关系氛围很重要。积极上进和谐，这是你们校风的体现。"

"说到我们的老师，方奇刚老师你应该也认识吧？"她问。

我说："对对对，一位很优秀儒雅的语文教研员，还来指导过我的课，表扬我声音很好听，还鼓励我要更加努力，为此我激励自己好几天。"

同学继续唠叨："靖中，真的是我们初为人师者学习的天堂。在来靖中报到的那天，接待我们的就是满脸胡须、剃着平头的方奇刚老师。我当时猜不出他的年纪，但我们都觉得他应该是那种很严厉的领导！谁知见面后，他亲自找我们了解情况，亲切的言语、清风般的微笑，使我们与之初见时的恐慌荡然无存了。

"还记得有一次，我迷上了一首清幽舒缓的曲子，经常在办公室播放，整个办公室时不时飘扬着轻悠的旋律，但同办公室的同事无人知是何曲。你要知道，在20世纪90年代末期，度娘还未出现啊。'这曲子，我也很喜欢哦！'有磁性的男中音倏地响起，方老师已然站在了办公室内笑呵呵地说。他是行政领导，那天他值班，下办公室交流。'方老师，您知道这首是什么曲子吗？'我弱弱地站起来问了一句。'《绿岛小夜曲》呀，你不知？''您能否给大家唱一段？'我斗胆地接了一句。方老师

居然同意了，'这绿岛，像一只船在月夜里摇呀摇……'悠扬悦耳的歌声悠然地飘飞，小伙伴们都惊呆了，擅长舞文弄墨的才子，其歌喉居然如此动听。大家都来劲了，掌声四起。结果方老师却抛下一句：'第二段的歌词我忘了，你们可以自己填写呀！''哇，我们还能自己填词啊？'我嘀咕了一句，方老师却投以肯定的眼神。后来，填写的歌词虽然没有原版的完美，却让我深悟：对于美好的事物，我们未必一定要求现成的，可以通过自己的努力积极争取，人生在于创新，我们的教学不也是这样吗？

"方老师对于年轻教师的指导，就在于身体力行，无形而导，虽未点破，但意蕴深远。我们很多年轻的教师，都得益于方老师的引领，他让我们快速地步入语文教育这一神圣的殿堂。他的课堂是开放的，只要你有空，就可以去听课，去学习……他用他的一种敬畏与虔诚、热情与宽容践行着他的梦想。他就像太阳，照耀着我们成长，他的谦逊与睿智，让我们感受到了靖中人的从容与大气。"

听着同学带着崇敬的感情聊着方老师，一大堆从靖中出来的萧山教育界的精英同时也在我眼前一一浮现。"一方山水养一方人啊，你们靖中是出人才的摇篮啊。"我说，"从靖中出来的我认识的还有教研员蒋华老师、金山初中副校长杨英老师，还有你和我们的同学高红芳。你俩都是城区片块学科带头人，也都很优秀。"

"我优秀称不上，但是，我们学校优秀老师确实很多：谭伯华、陈炳奎、金志安、傅金华、李敏、李金康等老一辈，还有年轻的一起努力过的，如倪李松、潘小燕、高伟军、孙方明、何鸿飞、吴晓燕等，还有现在依然辛勤耕耘着的老师，如冯柯、童丽华、董巨江、沈林军……他们都恪尽职守，默默地奉献着，用行动与自身的魅力影响着一代又一代的靖中人。前年，靖中语文组在教研组长陈利强老师的带领下还被评为省级优秀教研组……"

同学如数家珍地给我列举他们靖中的名人名事，此时，我已经不是一个来"采访"的人，完全成了真诚的听众。

"一方水土养一方人，靖中人才辈出，你觉得跟学校的环境有关吗？"我好奇地插问。

"我觉得关系应该有的，我们是花园式校园，这里，是诗意人生的栖息地。一条溪流，流经整个靖中，横跨的三座石桥仿若守护神，见证着靖中峥嵘岁月。一弯靖中潭，在连廊的最南端，潭中撒着些许睡莲。我还在靖中时，渴望着她的绽放，遗憾未曾见到；离开后，在我同事惠君的微博里，看到了校园的美景，尤其是那浮在水面的粉红莲花，久经岁月的洗濯后开放，越发娇艳。一段弯弯的跑道，多少个夜晚，我们自封的"三剑客"奔跑其间，携着寒风，裹着热浪，笑声中驱散了白日里的劳累；两排高大的香樟树，枝繁叶茂，苍翠欲滴，在琅琅的书声间，在孩子的嬉戏里，日渐繁盛，沉稳大气；一把河畔的石椅，依着杨柳的婀娜，也被柔化为诗歌的样式，再抱把吉他一坐、一弹，心中便长满姹紫嫣红，忘却人世烦杂。若你站在靖中某个制高点俯瞰，靖中就是一幅美丽的画卷，而靖中人，更是画卷上的风景。"

她最后又很深情很骄傲地补了一句："有幸，我也是靖中人；有幸，我能与这么许多优秀的人一起生活、学习、工作；有幸，能在他们的熏染下不负靖中人的称号。"

靖江印记

　　我从同学那里回来后，我的思绪久久不能平静，也勾起了我人生中很多过往碎片的链接。

　　那些布满美好回忆的角落，总是在不经意间被再次拨开，在以后碰到黑夜寒天时，想起这些都会心生暖意，冬天不再冷，雨季不再潮湿，收获了一生的幸福；那些见证着曾经、印刻着过往的碎片，宛若繁星点点，闪闪发光，指引我穿越时空的隧道，带我回快乐老家，心有阳光，一路芬芳。人生中遇到的好的人、对的事都会增加人生的高度和亮度，感恩一切遇见：那人、那物、那事……

靖江印象

◎ 郑　刚

　　第一次来靖江，是20世纪70年代，那时我正读小学三年级。那年暑假，我大着胆子随同学去他大伯家做客。同学说，他大伯家与我们周边的农村不太一样，那个地方叫"沙地"。从此，我认识了钱塘江边被称为"沙地"的这片土地。我对"沙地"的最初感受正是从靖江开始的，那年的"沙地"印象牢牢地定格在我似懂非懂的年纪。

　　从位于萧绍路与市心路交叉处的萧山汽车站出发，一路颠簸，渐渐地，车窗外很少再能看到成片成片的稻田，眼前飘过横横竖竖的河流、沿河的芦苇丛、大片大片的络麻地，还有散落在络麻地间星星点点的草舍。在一条小路口，汽车到达站点，我们两个小小的身影穿行在芦苇拥挤的河边泥路上，然后，拐入一片络麻地。这片络麻地的尽头有一小块空地，两间草舍很显眼地立在空地一角。同学的大伯正从屋里出来，大着嗓门热情地向我们打招呼。

那个不眠之夜至今难忘。躺在摇摇晃晃的竹棚床上，伴着屋角老鼠的窸窸窣窣声，我张大双眼全无睡意。天一亮，大伯招待贵宾的白糖开水也没能化解我提前回城的任性。

小学毕业那年，听同学说，他大伯没了，是跟着别人在钱塘江边抢潮头鱼时被潮水卷走的。我一下想起那个草舍之夜，想起第二天同学的大伯送我上车的情景，心中很是伤感。好几次，梦见自己带着母亲准备的礼物，与同学一起再到靖江看看他大伯，醒来时不免惆怅。

20世纪90年代，杭州萧山国际机场定址靖江，而机场的位置恰好选在同学大伯家所在的区域。我急急地约了一直未断联络的同学，想着一定再专程去一趟靖江，看看留下我童年脚印的地方。虽然料到大伯的家人肯定早已将草舍拆除，建起了瓦房，但只要他们的家还在原地，也算了却了我一直以来的心愿。再等下去的话，他们的房子马上被拆迁，地块让位于机场，这里的现代化气息将完全让我找不到小时候的感觉了。

靖江已不是我印象中的靖江，我儿时经过的小路不见踪影，我们沿着水泥小道可以一直走到同学大伯家。好在，屋南面的一口大水塘还没有变，让我将眼前的二层瓦房联想成之前的两间草舍。新的安置小区已基本落成，大伯儿子一家正为拆迁做着准备。靖江这片土地，因为大型民航机场，它的城镇化步伐会比周边的区域来得快。这里将带来一系列的格局变化，住宅小区、道路配套、生活配套、产业转型等，城镇化的蓝图已经绘就。大伯的儿子说，大多数靖江人没有近距离亲眼见过飞机，机场曾经是很遥远的事情，想不到沙地人在家门口可以坐飞机了，想不到自己也能过上城里人的生活了。

萧山机场通航后，我曾经多次路过靖江。每当汽车开过机场边，我总会瞟一眼不远处停机坪上的飞机，对于仅坐过两次飞机的我来说，对机场对飞机的新鲜感并不比靖江人少。最近一次专程到靖江，是因为作协组织的采风活动。与上一次相比，这里的城镇面貌更趋现代化，更宽的马路在延伸，更新的大楼在崛起，印象最深的是，坐落在靖江中心位置的东方航空公司大楼，这是东航在杭州的运营基地，它集指挥、保障、运行等功能于一体。作为杭州临空经济示范区2018年的十大签约项目之一，东航杭州运营基地为靖江这个临空核心区注入新的活力。在离基地不到两公里处，杭州地铁7号线靖江站地铁口，让靖江人享受到了出行的方便快捷。

出远门就近坐飞机，进杭城直接坐地铁，过去的靖江人没有料到这样的现代化生活，同学的大伯当然也想不到这一天。他当初的梦想可能只是一间遮风挡雨的瓦房。为了这个梦想，他可以不顾妻儿的担忧与潮水争抢鱼蟹，终于激怒潮水。如今，他的后辈们正享受着过去不敢想象的生活。如果在天有灵，同学的大伯也一定会开开心心，替家人开心，替靖江人开心。

靖江：走出盲点

◎王葆青

生活中总有些事物，人们常常擦肩而过，不曾关注。

譬如靖江。

作为萧山的一个街道，杭州空港——萧山国际机场所在地，这里每天都在重复着成百上千次的到达与离开，已然成为一个结点。

这个结点呈现出两面性，一面是空港，另一面是靖江。目前两面有些冷热不均：空港热闹，靖江安静。

这是种反差，好像在验证一条流水定律，流水喧腾、热闹而不居。

如何兜住流水？这是个课题。

在课题面前，靖江时而被动，时而貌似被忽视，而背后又有盲点若隐若现。

忽视来自不经意，一如我曾多次往返空港，却很少关注那样，靖江在前后台间游移。

这反映出某种不确定性，我也被它困扰着，导致当我带着任务关注主题时，我突然发现我与写作对象间隔着迷雾。

用"疏离"来形容这种状态最合适，可能时间再久了，还会产生隔膜。

一次探访恰当其时。

早上七点刚过，我驱车从城中花园出发，沿市心路一路向北拐上机场高架。一阵畅快的奔跑过后，汽车在标有"坎红路"的匝道下高架，按照指引往靖江驶去。

这是我首次深入靖江腹地。

汽车在沙地上奔驰。沿途有些凌乱，汽车兜着圈子，并非全是我想象中的图景。隔着车窗，我"感受"着眼下靖江与空港之间的落差，其中不乏失落，甚至夹杂一丝"荒凉"，总之有别于进出空港时从空中俯瞰的景象：田垄如画，村庄房屋整洁有序，河流阡陌纵横，垂柳婆娑……

显然我被侵扰着，错位还是错觉？说不清。足足五十分钟后，汽车接近靖江街道时，立马又是另一种感觉：马路宽敞、干净，两旁树木葱茏，布局合理，凌乱消失，有序回归。

我先往街道办事处停好汽车，然后下车，与一位几乎同时到达的老熟人互致问候、寒暄。

"我从临浦过来，路上花了四十分钟。"听到这个，我有些吃惊，稍后得悉他走的是快速路。

我脑海中立马蹦出"路径"两个字。

由于路径合理，抵达同一个点，从距离远很多的绕城南线外出发，竟然比从萧山城区中心出发足足快了十分钟。

当然，也要感谢路径，让我看到了靖江相对粗糙的一个侧

面。看来，要了解一个相对完整的靖江，同样需要选择一条合适的路径。

下面，我就尝试着从"靖江路径"来体验，或试图解剖，并希望能够接近本原。

"曪曪曪……"

是均匀、持续的潮水般的声音，出自织布车间，形成了一道背景。一家纺织厂——"靖江路径"上的一个点，我进去时，

内心闪过疑惑。

毕竟属于传统产业，在数字和互联网经济独占鳌头的当下，纺织业似乎夕阳西下。尽管长期以来它和印染行业一起撑起了半壁江山，但是通过近些年持续的结构调整，萧山纺织业风头已不再。即便从用工的角度，纺织产业本身由于自动化改造，也逐渐脱离了以前那种劳动密集型模式。

你看，偌大的车间里除了密密麻麻的机器和堆放的布料，看不到几个人。这或许是我感觉"荒凉"的原因之一。

一些机器很忙，针头快速移动，通过上下和横向运动将经线和纬线交织成布。

在另一个车间，机器赋闲，成堆的转辊堆放在场地上，与机器共同形成一片寂静。

忙碌的机器专心自己的事，仿佛不需要人打理。

一条生产线上，布匹往上，即将进入压花流水线，进入旋转着的轧辊，然后流入下一道工序，整条生产线只有一个人。

另几条生产线类似：机器运转，布匹飞舞，个把人在旁边看着，偶尔帮帮手，做些辅助性工作。设备之间或设备与场地之间的转运则由少量人工利用手推车完成。

不多久，我便注意到，男性是主角。

事实也正是如此：纺织企业里，以前通常由"织女"主导

的工作已逐渐被机器和男性取代，"织女"锐减或消失，同时消失的是由"织女"汇流成的流动风景线。

"风景"消失，拿什么填补？

我暂时想不到，咱还是回到主题。

我手中有一本小册子，是介绍这次参观主题的，我打开，找到纺织厂，看到这样的文字："始建于1983年，注册资本1.6亿，现拥有总资产12亿，净资产6亿，占地面积80000平方米，员工850人""2017年下半年，投资近3亿元，在江苏省南通市经开区设立染厂……"以及各种荣誉和认证等。

这些文字透露出这样一些信息：一家纺织企业在大调整中幸存了下来，并且还在壮大，并把其触角拓展到上游和外省；企业进口了大量先进设备，注重研发和管理，跟以前相比，上了等级；更重要的是，它在规范用工、劳动保护和环保这几块做得很好。

稍感迷惑的是"员工850人"几个字，我担心的是疫情的负面影响。

还感到有点遗憾，宣传册中没有企业的销售数据，这也是我所担心的，毕竟，国际上把制造业转移出中国的图谋越发明显。

一条资讯，是疫情期间来自上海的："据中国纺织进出口商会的调查，2022年上半年，纺织服装厂订单惨淡，订单外流明显，约有60亿订单流失，下半年转单流速更快，预计会扩增到100亿美元的订单流失。""目前来看，纺织订单转移出去的国家，主要是印度、孟加拉国、越南、印度尼西亚和柬埔寨等。"

我不禁想到与繁忙对应的空荡车间，想到靖江那有些"荒凉"的旷野，想到"销售数据"的缺失——但愿那只是疏忽。

这种担心甚至往"空心化"三个字上攀爬。敬请原谅，我显然是有意先忽视掉光鲜，以图接近靖江最脆弱的内核，然后用反证排除盲点。

当然我更希望并坚信"靖江路径"上的这个点——纺织行业调整中存续下来的不多硕果之一——能够渡过难关并谱写新篇。

前面是"靖江路径"上的一条河流。显然花了心血，虽然它和萧山任何一条美丽河相比，并不出色。

阳光照在笔直的河流上，在视线的末梢溅出细碎光芒，而水体因丰沛而显得温柔、饱满而充实。

河流的名字叫义南横河，一条六公里长的人工运河，是"美丽河"创作中作家、诗人笔下的宠儿之一。它有一条向后反折的河湾，使陆地形成一个尖角状的半岛楔入水面，人在"尖角"处有种"在河之洲"的诗意感觉。这小河湾的名字很接地气，大约叫"牛拖湾"。

先前的"杂乱"消失了，一切仿佛都是新的。当然，不能奢望在这里寻"古老"事物，譬如义南横河末梢的黄公溇直河，也不过是邻近瓜沥村庄的名字——似乎隐含着瓜沥和靖江间的某种关联。

我一个同事的老家就在黄公溇直河西侧，其祖辈父辈从绍兴迁徙过来，满打满算也不过两三代人。

一样全新的事物也有好处，宛若白纸，便于涂抹，也更易接受变化或变迁。

譬如靖江，缺少沧桑感的一大片旷野，被涂抹着，目前色调中呈现出反差：进出空港的旅客总是行色匆匆，鲜有逗留，久而久之，似乎留下盲点。

但愿这只是错觉。

它等待着进一步的涂抹。

接下来它会被塑造。

我是带着期待回到集镇的，一幢簇新的办公大楼映入眼帘，那是"东方航空公司浙江分公司"杭州基地。

我当然会继续想起"靖江路径"。

整洁明亮的是小会议室，一排盆栽绿植将长方形办公桌纵向分隔开，座椅环绕，落地玻璃窗外是靖江街道宽广的马路和整齐的街区。不用说，这是高管会议室，也适于商务洽谈。

一间是报告厅，有投影屏幕，足可容纳五六十人，适于中层骨干会议或职工培训。

目前它们都虚席以待，等待主人进场。

这一间是运行大厅，也是"东航"的总调度室和指挥中心，一块大屏幕挂在正前方，从这里可以了解"东航"所有航班的运行情况。与屏幕相对的是几排类似于大型操作台那样的弧形办公区域，配有各种通信设备，"东航"的调度人员将从这里接收、处理信息和发送指令。

一侧是职工宿舍，与办公区域相连围合成一个大型"天井"。这"天井"大约有十层楼高，壁挂石材亮眼，底下一层是深黑色系，显得庄重，上面九层是深红色，荡漾着釉彩的光芒，再上面是乳白色天空，光线丰沛。

"天井"与我的状态对应，我之前仿佛置身深井，且尚未找到挂靠或攀爬要领。

好在都不缺少光芒。

譬如光线和天空。

一阵马达的轰鸣声传来，是空中客机的声音，它仿佛有提振功效，把我从朦胧状态中惊醒。

我本能地翻开宣传册，翻开"东航"章节，我了解到如下信息：东航非常重视浙江市场，2021年，东航航线覆盖浙江省内七个机场，浙江市场份额占比达到15%；其中杭州市场份额10%，宁波、温州两地市场份额领先，常年保持在21%以上。

再往下看，在东航"十四五"规划布局中，将优先发展杭州市场，使之成为东航的核心市场。

通过比对数据，"东航"杭州市场的发展潜力凸现出来了。

"东航"杭州基地职工总数将达六百二十四人，未来，随着东航强化杭州战略的实施，东航入驻萧山机场的飞机数量以及国际国内站点等势必增加，势必导致萧山基地的空、地勤人员数量持续增加。

"现在靖江街头新增了不少帅哥美女"，这是来自我那位老家靖江的同事的信息。"帅哥美女"当然是指航空公司的"空姐"及其同事们。

由此，靖江"织女"流失后的缺憾将可期待由一道新景观填补。

是空姐风景线。

引子，将激活职场人流。

增量，东航在带来增量。

盘点存量时，我发现萧山空港新城之前已有三家航空公司进驻，分别是浙江长龙航空、中国国际航空和厦门航空。

做大存量的动因来自萧山机场的整体扩容与提升，这是最大的引擎。

航空公司的入驻将带来巨大的衍生需求和示范效应。

靖江做好接口就行了。

看来，通过服务空港来建立或加密管道，让空港和靖江之间产生对流，是靖江的根本出路。

我竟然主动思考起"靖江路径"。

虽然当下的靖江仍旧显空荡，但愿这"空荡"只与疫情相关。

我从窗口看下去，两条宽广笔直的马路交错，其中一条和瓜沥镇的东灵北路相通，另一条一直往钱塘江方向延伸。

视线以远是几座小山，其中一座当是赭山，再往前当是南阳观潮城，那附近正在建造一座规模巨大的会展新城，与空港犄角相望。

这便跳出了区域本身。

靖江作为空港所在地，本该与世界相连，它该有自己的视野和视域。譬如南阳会展新城，我们在观测靖江时该看到，靖江本身也不能忽略它，它们间当形成纽带和联动。

南阳会展新城显然是以杭州湾、大杭州和空港为依托，它总规划面积达到了二十五平方公里，第一期建筑面积就将有六十四万平方米，相当于五个杭州国际会展中心那么大。

通过会展对接空港人流是个创意。

邻近的靖江，反过来能否在基础设施和配套方面接轨会展，兜留一部分会展人流？

这是局中局。

南阳在动，这从它近期的土地出让就能够看出：近日，杭州市自然资源和规划局对位于南阳区块的萧政储出〔2022〕7号地块项目进行了设计方案公示，项目拟建成五幢住宅加三幢酒店办公楼。

显然，南阳街道在为会展配套做铺垫。

靖江这边也没闲着。譬如毗邻南阳和靖江的"空港新城公租房项目"已经启动，当然，这需要两个区域共同来做。

再譬如"深坑酒店"项目，它是空港阿尔法项目中的一个部分，位于靖江和南阳交界处的雷山塘地块。

所谓"雷山"，原来是钱塘江中的一座小山，因为江流改道，沙地逐渐变成陆地，而后，雷山因石质优越而被开采。至1966年，雷山不仅地表以上山体被开采尽，地表以下也形成了一个巨大的深坑，现在已经变成萧山机场附近的一个湖泊，即"雷山塘"之"塘"。

参照上海"深坑酒店"的成功案例，萧山空港"深坑酒店"项目如果成功了，肯定能够成为靖江的一个亮点和助推器，不仅能够吸引进出空港旅客的注意并驻留一部分脚步，即便对于区域本身，至少，也可从点上保留、传承一点文化血脉。

盲点似乎在消失。

天空正在打开。

接下来是转换和提振，我想到了梳理。

难得的靖江行，我最担心的还是产业，好在传统产业如纺织业，新型产业如航空业，都呈现在"靖江路径"中。

我也逐渐关注到地方政府关于空港的产业定位。在产业清单中我看到了"临江空产业高地""浙江自由贸易试验区""五大产业""示范区""跨境贸易电子商务"等描述。

"五大产业"指数智制造、跨境电商、临空高端服务、生物医药和科创金融。

这些新产业的规划和落地，更多的是靠区、市乃至于更高的层面来运作或引领，通盘考虑的是整个空港区域。

我想到了"产城融合"。

靖江紧要的是做好服务对接，并在做"城"字和改善环境上下功夫。

目的是要实打实分杯羹。

我又留心起宣传册，从中找到脉络：早些年重头戏放在创建"国家级生态镇"和"五水共治"、河道整治、城镇及家庭生活污水纳管上，近些年则围绕创建"浙江省森林城镇""小城镇环境综合整治""靖江美丽庭院""美丽乡村"以及"国家卫生城镇"等创建或达标上。

具体做法上，靖江也的确动了真格，譬如关停仁德印染公司，全面完成生猪禁养等。

污染产业完成了关停并转，新型产业尚未起飞，难免会有"真空期"——只是"真空期"，不是"空心化"，甚好。

中间是传统产业，靖江没有完全抛弃，譬如优质纺织企业，有些在鼓励，譬如高端养殖业。二十年前我和"龚老汉"的少东家龚建刚在宁围一家驾校一起学驾驶。那时候"龚老汉"刚刚起步，今天，这个品牌仍在，名气越发响。

当年与"龚老汉"齐名的另外两个靖江品牌，如"其门堂"，以该品牌命名的调味萝卜专卖超市生意仍然红火，就在牛拖湾路上，离靖港家园不远；"洪德兴"金蜂王也不断在做大做强。

最终，"靖江路径"突围而出，转向产业集群和综合发展。

而我的笔墨也该庆幸，没有迷失在"路径"的迷宫中。

我也庆幸"靖江路径"接近出口。

接下来该是人文。

你看，靖江初中已然出现在我眼前。

多么敞亮，简直是豁然开朗！绿植丰沛，大树和草地充满生机，与教学楼、河流及诸多雕塑小品，有机搭配、组合。

由于是假期期间，校园非常安静。那些大树着意往空中挥洒，根系已然盘结于围垦大地。上方，树与树之间，虬枝交错，形成一大片绿荫，覆盖了大半个校园，枝叶之间可以看到湛蓝的天空，阳光从叶子的缝隙间洒下，在过道和草地上留下碎影。

南边是一条南北走向的小河，水质有些发绿，且静止不动，似乎有老化的迹象。这景象提醒人们，事物也会钝化、老化。

雕塑群是亮点。进门的主雕塑最富有创意，它的基座放在花坛中，基座之上，一只大雁用双翅捧起圆球，仿佛托着一轮梦想，准备起飞，圆球底部有一片绿叶与基座相连，预示着脚下这片土地。

这座雕塑的主题是"腾飞"，寓意很好。雕塑进门就可以看到，且与土地的梦想吻合。

另外两座雕塑在进门往里右前方的草地上，分别是张衡和李四光的塑像。

"靖江初中是我的母校，我在这里度过了初中时光。"眼前的场景勾起了作家周亮的无限遐思。

为了增加感性认识，我特地往教学区逛了逛。靖江初中的活动剪影丰富且富有朝气，我想起了"少年强则国强"的警语；暑期的教室干净明亮，桌椅井然，似乎是在回应"一屋不扫，何以扫天下"的提问。

无疑，这是难得的清净角落，它隐藏在靖江深处，犹如一眼鲜活的泉水在清洗盲点。

"伟南社区运行化照料中心"是另一个人文主题。一家特殊的养老院,是2015年开始启动的靖江农村居家养老日间照料中心工程的一个缩影。

有了以上的人文载体作为呵护,我离开靖江时,心里充满了温馨。我不知道我之前生发出的种种疑问是否找到了答案,盲点有没有真正消除,但至少我是带着希望离开的。

鉴于来时的教训,离开时我特意通过导航选择了另一条路径。十分钟后,闪现出的"东灵北路"几个字,让我的眼前一亮。这条六车道大道于2020年9月份通车,极大地拉近了瓜沥和靖江的距离。

我还想起,一个邻近的区域正在接轨这条大道,谋划"融杭"概念,接轨萧山空港。

靖江,该不该把梦想前移?

我就这样联想着,不知不觉中从瓜沥的西边缘向南穿过坎山,沿八柯线拐上通往萧山城区金城路的京岚线省道。返回起点时,依然用时五十分钟,和来时相当。

我依然未找到用时最短的路径。

我走出盲点了吗?

"红楼" 记忆

◎ 周　亮

三十年前，我在靖江街道度过了难忘的三年光阴。

"靖江"，是一块难以磨灭的历史印痕。

乾隆四十二年（1777），中小门完全淤塞，遂成陆地，钱塘江"海失故道"，江道北移改走北大门，海宁盐官以南七乡三四十里成为钱塘江以南之地。

嘉庆十八年（1813）因隔江纳课诉讼不便，朝廷将原南沙七乡（海宁西南赭山、西仓、靖雷、蓬山、培新、正义、镇靖一带，即今杭州市萧山区南阳街道、靖江街道、宁围街道、新街街道、党湾镇与杭州市钱塘区河庄街道、义蓬街道、新湾街道一带）划归绍兴府萧山县。

钱塘江摇摆不定，常常"坍江"，而每次"坍江"都使沿江人民失去家园，流离失所，乃至卖儿鬻女，饿殍遍野。

"靖江"是一段历史，"靖江"是昔日钱塘江沿江人民最大的盼望，"靖江"成为地名是后世最好的回忆。

在靖江，还有许多与钱塘江大潮相关的地名，如"安澜桥"社区的名称，"安澜"就是希望水波平静，天下太平。

三十多年前，原义蓬区在靖江初中设立"区招班"，百年树人，从教育发力。

1988年，赭山乡共有十个名额可以推荐，我作为其中的一位参加了入学考试。印象中，语文、数学两门的试卷都很难，很多不会做，尤其是语文试卷，很多内容并不来自我们的课本。

靖江"区招班"一共两个班，招收一百位学生。我们乡录取了五位，全在我们学校，据说破了纪录，这让我们的老师很是兴奋。

来到靖江初中，一切都是新鲜的。一群十一二岁的小伢儿一起学习、生活，周六下午回家，周日傍晚回校。

靖江初中的老师是从周围农村初中抽调而来的，在十里八村颇有名望。老师们很看重学生的学习成绩，授课很是用心，也很严格（三十年后的同学会上，一位老师说，能遇到资质好又肯学习的学生也是老师的幸运，老师的风度让学生折服）。

已过世的陈惠乾老师给我留下了深刻的印象。陈老师是教语文的，但不教我们这个年级。初一临近期末考试的时候，语文老师觉得我们看图作文总不得要领，便请来陈老师给我们上一堂作文课。

好像是周日的晚上，天很热，我们两个班一百多位学生挤在一个教室，等待传说中的陈老师给我们上课。

陈老师中等个子，清瘦，不苟言笑，两只眼睛却很有力，像是能发出光来。

陈老师的气场很强大，一进教室所有学生包括听课的老师鸦雀无声，陈老师不大的嗓音于是清晰可辨，慢悠悠地传入每个人的耳朵里。

忽如一夜春风来，千树万树梨花开。

上完那堂课，懵懵懂懂的我们如同换了个脑子，一下子清醒了。于我而言，再也不怵看图作文了，而且知道好文章应该写得简洁、有力量。

初一暑假，听说赭山初中一个班级评了七八位"三好学生"，我很奇怪。我们一个班五十多位学生（初三毕业时我们班级有六十多人，挤得出奇），"三好学生"就有四五十位，好像不是"三好学生"的也就个位数。再一问成绩，便释然了。我们任何一位学生如果不在"区招班"，在原籍肯定也是"三好学生"。

初中三年，学习是紧张的，常常有同学半夜打着手电筒蒙着被子看书，满头大汗也不展开被子，唯恐漏出的亮光引来巡查的老师。

印象很深的还有"红楼"的趣事。此"红楼"不是《红楼梦》里的"红楼"，而是学生宿舍——一幢二层的苏式建筑，外墙裸露着红砖——我们都称它是"红楼"。三个年级的男生住一楼，女生住二楼。楼梯是木制的，踩上去咚咚直响。因为年代实在太久远，从楼下的走廊望上去，二楼的木板破了一个大洞，露出灰白的木头和草絮，有点像一个巨大的燕巢。

宿舍是原来的教室，放了二十多张高低床，初一的时候甚至有两位学生挤一张下铺。我的同学"长臂猿"睡梦中从高铺上摔下来，"嗷嗷"几声，摸黑爬上高铺，马上又睡着了。"长臂猿"后来又摔了几次，再睡觉的时候就把被子滚成一个圆筒，果然不再摔了。宿舍是泥地，遇到下雨或者黄梅天，地面非常

泥泞，学生从食堂拿饭盒跑回宿舍，刹不住脚就摔跤，饭菜撒了一地。印象中，"长臂猿"摔得最多，我也摔过。

"红楼"的老鼠非常猖狂，我们还没入睡就窸窸窣窣出动了，白天回宿舍也能撞见它们。老鼠偷米吃，啃咬我们从家里带来的米袋子，漏出的米就泻到床上，有时候还下泻到泥地，和烂泥混在一起，一踩踏就看不出来了。

有一次学校灭鼠，真开了眼界。从我们宿舍端出了好几畚箕老鼠，生活委员"牛婆"还得意扬扬，端着畚箕四处给人看。大老鼠真大，尾巴也长，拎起来沉甸甸的。

我们过集体生活，每天要晨跑。起床铃声一响便赶着洗漱，晚了水井旁就没了空位。吊水的水桶在水井里还会互相磕碰。有时候水桶会落入水井，"牛婆"很是热心，傍晚放学后，拿长竹竿来捞，捞上了就红光满面。冬天地面冻得瓷实，水井里的水也冷，但习惯了就不过如此。

三年时光，美好的回忆。

这次作家采风，听靖江初中的老师说学校的校友中，有省、市、区的领导，有各行各业的佼佼者，心中甚是感恩。回想我自己的班级，考上大学的很多，现在做老师的差不多有二十人。十年树木，百年树人，靖江初中培养了一大批建设家乡、建设祖国的人才。也改变了很多人的命运。

漫步靖江初中，只见香樟树葱郁高大，树荫遮蔽了人行道。光影斑驳，苍苔处处，往日的流光仿佛席卷而至。

微风吹来。

千丝万缕织就幸福锦

◎金海焕

一走进靖江的福恩纺织工厂，密集的沙沙声伴着嗡嗡的轰鸣声就铺天盖地钻进耳朵里，纺织车间特有的机油味道就扑鼻而来。一下子，我仿佛寻到了一种特有的熟悉味道。拉近了彼此。

现有的纺织工厂机械化流水线一条龙，与三十年前家庭作坊式纺织相比真是不可同日而语。现代纺织经过清棉、梳棉、精梳、并条、粗纱、细纱、络筒、整经、浆纱、穿经、织造、整理几大工序便完成了从一根纱线到整匹布的华丽转身。

一步入厂房，就看见一排排整齐的络筒机床上的筒管在飞速旋转，沙线似游丝若隐若现上下飘移绕入筒中，待绕到标准量，早在下边候场的新筒一齐上位继续工作。那骑马状跨在机床上的大罩子来回缓缓地移动着，闲庭信步一般，我猜大概是在检视绕筒质量的。

我记起了在读小学和初中时，母亲在网络丝厂工作，也做络筒工作。看似简单的络筒需要人来回不停地巡视检查有无断

线、空转等情况。一排排四五十个筒，几台机床连轴转，都得仔细检查"拨乱反正"，通常是手忙脚乱不停歇。"小修小补"实在忙不过来了，得停机整顿，到排查完毕了才重新开机。母亲就是做这样一份单调的三班倒工作换来四五百元的月收入补贴家用。

冬天机器散发的热量还能带来暖烘烘的惬意，夏天可就受不了了。记得有一年暑假，我随母亲去厂里，瓦房里闷热难耐，机器"沙沙沙"的单调嘈杂声更让人心烦，我自顾玩去了。等到中饭时刻，母亲和我以及她的同事一起捧着饭盒夹着搪瓷杯里的蒸菜，躲在车间门口的阴凉处，席地而坐，吃起来。我这才见到母亲鼻翼、手臂上那如豆大的汗珠，衣服前后湿了一大片。汗珠颗颗饱满、晶莹剔透，人像从水里捞出来一样，我张着嘴巴看到了奇观。母亲问我："你热不热？"我却不知道如何回答。

20世纪90年代，我们沙地那一片人都时兴做工人。他们纷纷放下裤腿到厂里去求职谋生。纺织厂成为女工的网红入职地。许多人远离了"撸起裤腿面对黄土背朝天"的农民生活。庄稼对于他们来说，倒成了闲暇时的副业。

小时候，我大舅舅和大姨娘就开家庭织布作坊。两台织机日夜喧嚣，"啪嗒"——"啪嗒"——震天响，那是梭子反弹回去强有力的节奏声。说起梭子，我是最怕的。每一次步入作坊想去探访织机的新鲜劲，我都要先运一口气，然后再快步躲过梭子运动来的方向。因为那东西有时候很不老实，调皮的会腾飞斜越出来，"啪"的一记打在墙上。我就亲眼见过几次这样的"横飞事故"，也听大姨说起有一户人家因梭子横飞伤到了肚皮的故事，事故与故事相印证，眼见与耳听实证了，我寒毛倒立。所以每次走进作坊，我的心跳都会加速，头皮发麻，能不进去就不进去了，免得遭罪。

一户人家，夫妻搭档干活不累，日夜两班倒地轮休、守护、劳作，一天一夜大概就可以完成三米宽的一匹白布了。经线断了，梭子飞了，机器坏了都得停机检查，自力更生研究解决。织布时是不能有疏忽的。漏线、掉线都会影响布匹的质量。这些瑕疵都逃不过验布员的火眼金睛。

如今的纺织工厂恒温恒湿，里面再也见不到女工七手八脚忙碌的身影，倒显得有些冷清空旷。偌大一个车间，寥寥几人在控制操作着屏幕设备。

工厂也同走迷宫一般，一道道工序走下来。我默默感叹科技的力量，数字设备的智慧，将人从辛苦的弓背弯腰烦琐细碎中解放了出来，提高了劳动生产力。叹为观止！

一圈参观下来，我难得看到有人还在做手工劳作，只在一个角落里看到两位中年女工在穿线，穿的那个应该是纺织机上上下交替运作的"叶片"。

在花布织机上，经线是喷射嵌入的，然后织机把织机锟分离出来的两个卷轴上的所有纱线汇集起来。叶片将尾线分开，将经线织入，精梳机再将纬线推入。两股经线上下交替运作，纬线穿插跨越，循环往复，布匹就这样在纵横交错中完美成型。

我驻足在一台花布织机前凝神打量着，强而有力的喳喳喳声，织机风驰电掣般正起劲地工作着，实在让人有些匪夷所思：没有以前让人胆战心惊的梭子，这根纬线怎么穿过去的呢？正在出神琢磨其中奥妙之际，突然有人拍了一下我的肩膀。

我定睛一看，对方戴着口罩难以辨认出是谁。疑惑中，对方摘下了口罩露出真容。我不禁笑了出来，原来是小外婆家的大姨，真是巧了。一方企业造福一方人，周边的男工女工都奔这个厂子来了。

勤劳的靖江人，穿梭于大街小巷，田野阡陌叩开共同富裕的大门。每一个人就是织机上的梭子，在日复一日、年复一年的岁月经线里匆匆而过，连接拖拽出坚韧而节节攀升的纬线，串联起时空留下的一路生活印记，细细密密，严严实实。锦绣生活恰如花布上的图案悠悠然铺展开来。

一根小小的纱线串起了四邻八乡的人们的劳动热情，一根根细细的纱线在岁月的大江大河里纵横驰骋，最终编织、漂染成一匹匹幸福美锦。

甜蜜的事业

◎高　萍

从记事起，我就喜欢唱童谣《小蜜蜂》："小蜜蜂，嗡嗡嗡，飞到花园里，飞进花丛中，采花粉，做蜜糖，做好蜜糖好过冬。"我会一边唱，一边旋转身子，把开心放飞到蓝蓝的天空。

曾经以为蜜蜂的采蜜，是在淳安、建德这样的山区，而这一次到靖江，也看到了蜜蜂采蜜，而且，是大规模的采蜜。

这是一家靖江的农业企业，集蜂种繁育推广、蜂产品精深加工、蜂业技术服务、蜂疗研发为一体的科技型实体。

这是一家致力将传统蜂产品向保健食品、药品产业转型升级，开辟发展特色蜂业的新路径的企业。

这是一处杭州市级农业龙头企业、浙江省一级蜜蜂繁育基地、国家农业农村部特色畜禽良种工程基地，其蜜蜂育种实力享誉业界。

这就是靖江街道德兴蜂业公司，创办了四十余年，积淀了独特、深厚的蜜蜂文化。

　　在这四十余年里，德兴蜂业由小到大，由弱变强。目前，德兴蜂业科技园占地五千平方米，良种产生的直接经济效益达十亿元以上，成为中国养蜂的当家品种。

　　在这四十余年里，德兴蜂业科技园着力打造花园式厂区，围绕"小而精、小而美"这一目标，精心设计厂区绿化，利用绿植、微景、小径等众多元素，成功造就一个绿色、生态的园区，实现人与自然的和谐共生。徜徉其间，枣叶青青随风而动，那是可以享受到的一份久违的自然与惬意。在和煦的阳光照耀下，草坪的绿，花朵的彩，看上去怡人、舒适、愉快，使人一见就会喜欢上她。

　　在这四十余年里，德兴蜂业的主打产品，"洪德兴"牌萧山金蜂王，早已成为业内的著名品牌。德兴蜂业专业养蜂育种几十年，现有种蜂群一千余群，蜂箱纵向排开，四周成群的蜜蜂嗡嗡作响，忙着飞舞采蜜，其选蜂育种、产品研发、品牌建设等方面不仅在国内享有广泛的声誉，而且还把这种影响力带到了国外。国际蜂联主席R.波尔耐克先生，美国、法国、波兰、澳大利亚等几十个国家养蜂代表团先后考察了德兴蜂业，对企业赞不绝口、高度评价。"中国优秀蜂农奖"，是公司的最高荣誉，是国际蜂联在第33届国际养蜂大会上授予德兴蜂业创始人洪德兴先生的，这也从侧面反映了德兴蜂业在国际上的影响力。

在这四十余年里，德兴蜂业注重人才的引入与培养，公司现有农民蜜蜂育种家两名，本科生、其他大中专人才数名。根据萧山区农业农村局《关于做好2022年度萧山区"师傅带徒"项目申报工作的通知》（萧农人〔2022〕31号）的文件精神，经个人申报、镇街推荐、资格审查、综合评审、立项审核，德兴蜂业公司负责人杨国泉申报的"浙江浆蜂饲养育种及蜂产品质量管理技术""师傅带徒"项目正式立项。师傅杨国泉，徒弟陈伟、洪小燕、王国琴，"师徒帮教"内容包括理论培训和实地指导。在师傅的指导下，每个学徒能担负起独立饲养公司种蜂场的浙江浆蜂大群十群、交尾群五群、年完成五十只浙江浆蜂蜂王育种的任务。另外，师徒要联合发表论文，培养学徒获得食品检验员证书。

在技术引领下，公司饲养的一百群以上浙江浆蜂保种群在蜂王浆高产、育成蜂王质量、年群饲养利润三个方面均达到全省领先水平，这在萧山是重量级的。每个大群年群产蜂王浆十五千克以上，年产值三千五百元以上，年利润两千元以上；每个交尾群年育种产值七千元以上，年利润五千元以上。种蜂场年推广浙江浆蜂良种一千五百只以上，蜜蜂育种技术和育成蜂王质量符合公司制定的萧山区级标准《浆蜂育种操作规程》的要求。听公司负责人杨国泉专业的介绍，我虽然听不懂那些

养蜂产业的专业名词，但还是能感受到德兴蜂业追求技术、追求产品质量的渴求，这也是企业能成功的奥秘所在。

在这四十余年里，德兴蜂业大力开发产品，提升蜂蜜质量。公司拥有蜜处理流水线、蜂胶处理流水线等先进的蜂品加工设备，主要生产新鲜蜂王浆、蜂王浆冻干粉（含片）、各种瓶装蜂蜜、蜂胶原液、蜂胶口服液、花粉颗粒等高档蜂品。产品畅销国内外，是杭州市首屈一指的农业品牌，丰富了市场，满足了市民的需求。

在这四十余年里，德兴蜂业融合第一、二、三产业，已然跳出传统蜂业框架，开设研究所，潜心钻研蜜蜂育种，加强蜜蜂抗病、抗逆性能力，深入加工蜂产品，并积极推出融入第三产业的蜂疗开发，形成完整产业链条。德兴蜂业崇尚蜜蜂精神，追求绿色滋养、自然健康，以养蜂家实力做大做强蜂产业，像蜜蜂一样为人类酿造最甜美的蜂蜜！"花香自有蜜蜂来"，如今的德兴，就如同盛开的鲜花，引来一群又一群的"蜜蜂"来采蜜，创造了令人艳羡的甜蜜事业。

此时的我，仿佛幻化成了一只小小的蜜蜂，有很多新奇的东西吸引我前往，一睹靖江的风采！

小镇的蜕变

◎陈亚兰

遥想当年，靖江在我心里，窄窄的小街、小巷、小河、小桥、木房、砖房杂乱挤压一处，看不到人文诗意，就像一匹陈旧的老粗布。

记得20世纪80年代初的一天，我陪朋友去靖江中学。我请了一天假，和她到长途汽车站坐了车。现在看来这么一点路，可那时要坐长途汽车。一路颠簸，我朋友话语越来越少，几乎沉默了。到了那边问了几个当地人，我们找到了学校。我的朋友望着学校的传达室和操场，不想让我进去，跟我说："你在这边等我，我过去一下。"我颇感莫名其妙，看她转身从包里拿出了一封信，过去交给传达室人员，满脸桃红地走到我身边说："我们回去吧！"我问她："你准备来这边工作？"哪知我这么一问，她一脸反感地说："谁要到这里来？这个农村地方！路这么远，学校又这么破！"来时我没多问，回去时，我问了几句后，一路上她把自己心里的疙瘩全搬了出来。她说："初中的同

学师范毕业后，没门路被分配在这里教书，他经常给我写信，说这边如何好。问他，靖江远吗？他说不远，天天能骑自行车回家。自从他来信后，我想来看看，究竟这是怎样的一个学校，路有多远。任何事都要眼见为实。今天幸亏你陪我来。你看等车个把小时，路上又是一个多小时，每天来回四五个小时。我姨妈说得对，好好的城镇姑娘去找农村的干吗？将来分居两地，跟寡妇有什么区别？"那天我朋友在我的陪同下，做出了一个决绝的了断，像祖上积了德捡回了个运气。她说："幸亏我有备而来，把一封绝交信放在传达室里，等下那大伯会交给他。信内我已经明明白白地告诉了他，不考虑乡下的老师！"

南风向北，掠过义南横河，河面漾起的涟漪，拖了蓝天白云。

大巴车停在了一个我觉得陌生的路边，大家向大门走去。我不知这是哪里，举起手机拍了"杭州福恩纺织有限公司"的牌子。门口大树蝉鸣枝头，当我跨进纺织公司大门时，仿若把枝头鸣唱的蝉一下子带进了车间，形成了自娱自乐的蝉鸣合唱团。人说一日千里，而眼前转动的织机是一秒千里。一排排线筒在快速地转动，人与人之间的交流全被一片"沙沙"声覆盖。这些喷气织机，剑杆织机，都化为声响。从这个车间到另一个车间，我突然想起一个场景：白帽子、白袖套、白围裙，穿梭在机器边上。她们呢？我的这个场景，是来自曾经在杭二棉的实习。那些女工，如草原上的羊群，不停地在机器旁边走来走去。那今天，她们呢？沙沙响的整经机在架上接头，抽叶、色位排列、分绞并线。可见一切都在智能化操作中，省去了原如羊群的女工。

水洗机在高温高压液流中，以绳状松弛形式反复循环运转；烧毛机不停地清除织物表面的绒毛。车间里散发着纱的气息，布的味道。在这炎热的夏天，车间内要比外面高温还闷热数倍。这工艺宜为100—120℃高温。虽然都自动化了，但有些活还是要人工来操作的，比如纺织物在煮漂前要人工搬弄。我问他们："这里没空调，你们不难受吗？"他们说还好吧，习惯了，不觉得怎么样。

习惯于农耕时代的活，能在室内干活算是天堂了吧！我是这样猜测的。记得在那几十年不变的小镇，人们面对不变的生活，习惯于吃苦耐劳。靖江人种棉花，纺纱织布，这是作为谋生的产业。她们一有空闲就在道地上、廊檐下、竹园边、草舍旁摆出织机，用五颜六色的棉线交融编织，"呕呕轧轧，织成春恨，留着待郎归"。在礼尚往来走亲访友中，皆以门幅五十厘米的老粗布来传递人情。

纺织业文化源远流长。布业祖师黄道婆，在宋代创造出一套先进的棉纺工具与技术，使纺纱织布在农耕时代成为一项能养家糊口、获取经济收入的营生手段，这种纺织文化在萧山靖江延续与传承。

庞大的一排排纱筒默然聚集，仿佛在倾诉那个不变年代里的故事。20世纪60年代的时候，在夏天的傍晚，菜园子里的"纺织娘"（像蚱蜢的一种昆虫）"喳"地拖着长音飘进奶奶耳朵。奶奶说，纺织娘又开始纺纱了。一边说着一边拉出圆如一张八卦形的纺车，左手一根棉条沾在铁锭子上，右手摇起纺车，细细的棉纱在左手中拉出，同时在她口中，也拉出了织女的传说故事：织女犯了天条后，被关在银河西边的小屋里孤单地没日没夜地织布。听到这，我常想，以后我长大了，如被关进小屋

里织布怎么办。一根纱要织成布，是多麻烦的事啊！奶奶一边讲远古时代的传说，一边在说我干活不细心和没有恒心。

讲着故事，纺着纱，天很快就黑了。这黑好像与奶奶无关，她像钢琴手摸熟了琴键，不用眼睛看已熟悉了手势。纺车上的线锤被牵得圆圆胖胖，该换了，重新卷上一个竹壳作杆子。

小天井里黑海荡漾，瞌睡开始缠绵，奶奶自言自语地说："鸡鸣入机织，夜夜不得息。""一女不得织，万夫受其寒。"迷糊中，奶奶的顺口溜跟我在竹榻上翻身的声音混为一体，"吱吱、织织"。我问："奶奶，你常念叨织，织，将来我不会织怎么办？"奶奶拉出的棉线突然断了。她离开纺车拉亮电灯说："来，教你打掐结，今后织布都用这个结。"她一边教我一边说，1958年，"萧棉厂"到地方上去招女工，首先要看你的牙，长得是否紧密，是否可以咬线头？再看你的手指，是否纤细，是否可以快速地打掐结？

那个年代的纺织女工，完全依靠眼睛和双手，发现线头，要快速打上掐结。后来进入机械化年代，招工也就没这个要求了。我虽然没有走上棉纺岗位，但学会了打掐结，受益了一辈子。

课堂上，老师讲述《包身工》，"两千左右的西洋纱厂女工，仅十五六岁，集体睡在水泥地上"。说到纱厂女工，再次忆起奶奶曾经的用意和苦心：纺织原是农耕社会时期的谋生手段，是女性必学的一项技能！这犹如现代人必须学会操作电脑和智能手机一样，不然会被时代淘汰。

从前，男耕女织是一个家庭的营生模式。"衣不蔽体，布帛菽粟，衣食住行。"这个排在第一位的衣布，对于祖祖辈辈来说，是最基本的生活所需物品，在日常生活中有着重要的地位。

时代在进步，原来车间里的操作女工，现在已被全智能化、电气化、自动化的机器取代了。在现代文明和快速发展的城市化进程中，靖江已摆脱了小镇的缠绵，踏上了自己新的生活道路。靖江成为纺织文化之乡，越织越精致。崭新整齐的住宅，清澈的河流，耸立的高楼大厦，这哪像我曾经到过的小镇？坐落在靖江的东方航空杭州运营基地，"冲上云霄"飞向全国、全世界。耸立在福恩路上的纺织厂，产品出口远洋，走向全国，走向世界！

光阴流逝，相距四十年，人生旅途的驿站中，曾有过多少人在漫漫长夜中想过，要逃离乡村教师这个职业。而今，这个学校变得我不认识了。感觉情绪和回忆，都在神秘地变化着，变成了一个美妙的音符和一张美丽的图像。现代化教学楼，碧绿的草坪，淙淙的小河。谁都愿意留下来，闻一闻校园里散逸出的诗意书香！

斗转星移，那匹老粗布像退去的浪潮，没了踪影。靖江的学子，在新泛起的江潮白线上，鼓足"经纬天下"的气势，哗哗奔跑，追逐那片缤纷的云彩！

美丽的义南横河

◎施淑瑛

以往，靖江街道是一个毫不起眼的小镇。当别人说起靖江时，我的同龄人都会露出疑惑的神色，不知道在哪。而现在，谈起靖江，他们都会说：靖江啊，那个萧山国际机场的温馨港湾，几年间日新月异的街道。没有去过靖江的我，总是向往的。

初夏的一个休息日，偶然的机会有幸来到靖江街道。一架偌大的飞机立在街道办事处的广场上，让人一眼就能记住靖江的标志特色——空港。我们从街道办事处出发，沿着马路慢行，路两边绿树成荫，高楼大厦鳞次栉比。有一个"空港新天地"，是游客喜欢的集聚地，也是空姐空少们的栖息之地。走进安澜路老街，几百米长的石板路两旁的店铺形成了靖江的集镇，随着时代的变迁，集镇虽然繁华不再，但遗迹尚存。原本老旧的白墙被一幅幅有趣生动的特色墙绘取代，院前院后种着花花草草，错落有致，一派绿色祥和的气氛。非物质文化遗产"丝绸画缋"传承人叶建明及其女儿叶沣仪正在将自己的艺术理念嵌入自己的家园，让文化礼堂成为文化高地。我们休闲漫步穿梭在老巷中，感受着丰厚的文化底蕴。

靖江街道紧邻钱塘江，曾经的钱塘江随着淤泥的冲积，孕育起一片广袤的沙地，靖江就是从这片沙地填涂围垦而来的。走在街上，处处见水，安澜河、靖江河、牛拖湾、义南横河。曾经听说过，牛拖湾旧址是其中的一条流化沟，常有牛拖船往来，成为内塘与外塘沙地之间的交通要道。可以想见，以前的运输主要靠水运。为了留住记忆，街头还推出一组《靖江记忆系列》的雕塑，这些雕塑以萝卜外形为画框，画框内有记忆之围垦、记忆之牛拖船、记忆之沙地建筑、记忆之萝卜干、记忆之空港小镇五个单体雕塑画面构成。让一代代的新靖江人，铭记和继承过去在这片沙地上开荒拓土、辛勤劳作的先辈们的精神，让这片土地持续地繁荣富强。

我们按原计划来到义南横河边，蓝蓝的天空上白云朵朵，

河岸边的柳树上，知了声声地叫着夏天。走在沿河的塑胶跑道上，远远望去，河面在阳光的照耀下，波光粼粼，河水显得特别清澈，从容地流着。河的两旁石砌护岸，安装了古色古香的木护栏，增设了户外健身器材，建起了生态的河埠头。河水中的水草生机盎然，一条条精灵可爱的小鱼在水中来回穿梭，时不时激起一朵朵浪花。几只雪白的白鹭时而在河中戏水，时而在水草上漫舞，时而在岸边捕鱼，是那么新鲜有趣，幸福而快乐着。河岸边的花坛里长着各种树木花草，绿树红花成趣。小花有红红的，白白的，粉粉的，在小草的铺垫下，纵然交错，形成了一幅巧夺天工的"花毯"。一些不知名的小花，虽然没有雍容华贵，但是依然令人喜爱不已。有的花草安静地躺在河边，享受着阳光浴，有的花草在微风中摇曳身体。这一切的一切构成了一幅赏心悦目的风景画。有村民坐在河边看手机里的电影或听歌曲，也有村民在那里垂钓。村民说：清晨随处可见锻炼者的身影。到了傍晚，人们会和喜欢的人一起散步，看夕阳、吹晚风。义南横河边是放松身体的好去处。生活在义南横河边的人们是多么幸福。

义南横河在靖江境内，全长六点一七公里，是最直最宽的一条河，经过街道科学治水、全民治水、长效治水，积极推进流域治理，在防洪排涝、防止自然灾害和维持区域水平衡中发挥着重要作用。

笔直的河流，宽阔的河面，潺潺流动的河水，绿茵茵的河堤，可休闲散步的河岸，与倒映着蓝天白云的河水形成了天空之境的美景，这就是靖江街道义南横河本该有的美丽面貌。它既是靖江街道重要的形象窗口，又是一张靖江街道生态的"金名片"。

靖江殿

◎祝美芬

小时候，一旦听父母说要去一趟靖江殿，就感觉是一场十分庄重的奔赴。无事不去靖江殿，去那里，肯定有十分紧要的事要办。因我家地处靖江、南阳与赭山的交界处，平时上街最多去距家三里路的南阳街，而靖江街距家少说也有七八里。在我幼小的心里，靖江殿是一个离我比较遥远的所在，作为孩童的自己，一般是没机会去的。在当时的我的视野范围内，是我的家，是位于义南横湾前的一整排邻居，还有就是家门前那一大片望不到边的田野。

靖江殿，是我们的集镇。身为靖江人，它就是我们的中心，心目中最繁华的地方。为什么人们把靖江街唤作"靖江殿"？那时的我是不知道其来由的。如今的我，知道了其中的原因。

靖江老街上有一座靖江殿。靖江殿建于清乾隆年间。清代钱塘江改道北移，因这里地处钱塘江口，风高浪急，时有船只

沉没，江岸坍塌，淹地毁屋。为求江静浪平，人们在此建庙，殿内供奉人们心目中筑堤保民有大功的张夏，俗称"张老相公"，祈求张老相公"静江"安邦，故称靖江殿。

我在靖江出生、成长，一直到十六岁那年考上浙江省湘湖师范学校，才离开了它。去了城厢镇求学，后来参加工作，最初的六年也不在它这里，而是先后在党湾与赭山任教，再后来就一直在城厢镇工作。

它作为我的原乡，存在于我的记忆里。童年、少年的点点滴滴，犹如一条缓缓流动的河流，存于我的记忆最深处。它是我的根，我的精神家园。在这里，积淀了我人生中与亲人最密集交流的经历，也存留了我年少求学时懵懂但印象深刻的旅程。因为年代久远，那些画面是灰白色的，但幅幅线条清晰，内涵凝重。那是我人生底色逐渐绘就的地方。

如果要写与靖江的经历，我想，我可以将自传连带在一起。可以写的实在太多，一桩桩一件件，那一个个从小接触的大人、小孩，都那么鲜明地刻在我的脑海里。每一个人都是一篇文章，每一个故事都带有小说式的韵味。那是我的故土，我的亲人，我的乡邻，还有我的老师和同学！

小时候在屋前道地纳凉的情景还那么清晰地活在记忆里。那时，夜晚的天空群星闪耀，仿佛是一本本天书，奶奶唱着好听的歌谣唤起我对天空的无尽遐想，她给我一下一下打蒲扇时露出的慈爱笑容还仿佛在眼前。盛夏的弄堂里，母亲挑着花边，我在旁边或看书，或吃她给我煮好的嫩花生，母女在一起其乐融融的画面如今成了难忘的奢求。在阴凉的堂前，从父亲手里接过一畚箕现摘的番茄，我美滋滋地品尝了一下午，那份番茄的鲜甜与父亲那一脸慈祥成了记忆里最暖的画面。屋前有条较宽的泥土路，我们这些小伙伴总在那里跳房子、玩皮筋，那马尾辫甩上甩下的欢快场景恍若昨天。姐姐喜欢在那里，让我挑战玩儿的极限体验——她将我整个人环抱住，然后突然抱着来给我一个倒栽葱，我乐得哈哈直笑，玩了一次还要再来一次，姐妹俩欢快的笑声似乎还回荡在记忆的天空中……

我看着秋凉季节里父母在络麻地里没日没夜地抢剥络麻，看着父亲在屋后的这条横湾里浸络麻，并见证他如何将腐臭熏人的湿络麻，甩干、洗净、晒干，使其成为一捆捆泛着好看亮光的清爽至极的干络麻。一年年目睹了大人们在酷热难当的盛夏，头戴草帽，下到田地里"双抢"。面朝黄土背朝天的父母以及我的那些同样的左邻右舍，在那个物资匮乏的年代，他们默默无闻的勤劳，他们双眉紧锁的生活艰辛，都如油画一样印在我的脑海里。他们是最能吃苦的一代，他们也是最具父母奉献精神的一代。在艰辛中抚养自己的子女，又尽可能给予孩子艰辛之外的欢乐。他们在自家的几分自留地里种菜，也不忘了种

甘蔗、种瓜，因为这些是给孩子的"零食"。

我的村子因机场扩建而被征用，现已拆迁。现在搬入如别墅一样新居的家人以及那时候的邻居，早已过上了他们自己都料想不到的美好生活。小康生活已让他们眉宇舒展，脸上的富足与安逸挡都挡不住。我在望着这些熟悉而又随着岁月流转而日益苍老的脸庞时，还是会不由得想起幼时记忆中那刻在人生旅途中的艰辛与沧桑。时代变迁，物质富有，如今的家乡已旧貌换新颜。空港新天地落成，让老家拥有了城市般的快捷品质生活。一家家名声在外的大型企业以及机场新物流，为当地创造了良好的就业环境与经济效益。一个个美丽的乡村示范村谱写着属于现代的幸福生活样板……

当下的生活确实是越来越好了。希望我的家乡、我的家乡人，在富足的当下仍不忘往昔的艰辛岁月，在知足中不忘传承勇敢、坚毅的挑战精神，在物质时代仍拥有如往昔一样勤劳朴实的民风，在这个日新月异的时代，行稳致远。

有一种蓝叫靖江蓝

◎沈永银

2022年7月初，天气甚好，一群文友相约前往靖江采风。靖江的夏天，蓝得出奇，一出场便惊艳了我们所有人，让我们一下子记住了靖江。这天空蓝出了新高度，让我们感受到了最美不过"靖江蓝"！

有一种蓝叫标志性蓝：飞机

来到靖江街道办事处办公大楼门口，映入眼帘的便是那一架大飞机。我想这是每个靖江人的骄傲吧！

看到大飞机，我们参观了东方航空公司浙江分公司。当他们介绍到将杭州市场确定为"四梁八柱"的时候，我们仿佛看到了靖江未来的蓝图，更看到了东航新市场的蓝图。这是一种别样的蓝，更是一种靖江蓝的色彩绽放。

有一种蓝叫标志性蓝，我想这就是标志性的靖江蓝吧！

有一种蓝叫品牌的蓝：纺织

走进杭州福恩纺织有限公司，我印象最深刻的是那些蓝色的染布，刷写着公司"精心织造、永争一流、立足市场、永不止步"的宗旨，那抹蓝描绘着广大客户心中最值得信赖的品牌。

有一种蓝叫品牌的蓝，我想这就是有品牌的靖江蓝吧！

有一种蓝叫美丽的蓝：义南横河

今天，在靖江，沿着河走，抬头仰望，都能与蓝天白云来一个不期而遇的约会。听一同前往的小朋友喊道：有一种云，叫作棉花糖。你们看，今天的云特别像棉花糖。

是啊，今天的云让我们想起了小时候，那时，蓝天白云习以为常。如今的我们看到这云特别激动，因为这云特别有层次感和立体感，衬得这天更加蓝了。此时我想说的是，有一种云叫作棉花糖，有一种蓝，叫作靖江蓝！

走在美丽河道边，碧绿的水，蔚蓝的天，整个河道都散发着幸福的味道，一切都显得浑然天成。在河道边这般自在的散步令我忘却了那份忙碌的记忆，不自觉地放慢了生活与工作的节奏，这份蓝真让人体会到了那份静谧的美好！

有一种蓝叫美丽的蓝，我想这就是会呼吸的靖江蓝吧！

有一种蓝叫成长的蓝：靖江初中

踏进靖江初中的校门，远离了那份喧嚣。校园内茂密的香樟、碧绿的草坪及淙淙的河水与林荫道上散步的我们交相辉映，这样的蓝图铸就了靖江初中的一方优雅。

有一种蓝叫成长的蓝。靖江初中秉承"学生发展为本"的教育理念，用"以人为本"为笔，描绘着孩子的宏伟蓝图，以"和谐教育"为网，搭起了孩子自主腾飞的平台。这样的蓝，是真正的成长的蓝。我的同事毕业于靖江初中，他告诉我：有一种骄傲就是我是从靖江初中毕业的，有一种幸福就是我是从靖江初中出来的。

有一种蓝叫成长的蓝，我想这就是会腾飞的靖江蓝吧！

时间过得特别快，这样静下心来欣赏靖江蓝的机会真的不多。靖江的朋友告诉过我，欢迎来靖江，你要的蓝天白云，靖江永远有。今天我终于感受到了靖江的蓝，我看到了靖江的标志性蓝、品牌的蓝、美丽的蓝、成长的蓝……

有一种蓝叫靖江的蓝，抽个时间去体会一下靖江蓝吧！

天地相合，以降甘露

◎金 驰

萧山东部有明珠——靖江街道甘露村，她既是萧然大地上一个普通的村落，又在打造共同富裕示范区的道路上蹚出了一条独特大胆之路，显得那么独特和优雅。这就是全国文明村的底色和傲气。天地相合，以降甘露，甘露村因此命名。

走进甘露村，映入眼帘的是整洁的村道，入口处一左一右两块牌子："甘露村"和"全国文明村"。怀着好奇和向往，走进了这个村落，探究国家级文明村的甘醇和奥秘。

首先感觉村内道路两旁城市小品细节相当不错，规划设计、草木的选种选育、文字的细节说明，无一不体现了融乡村乐趣于寓教于乐的朴素理念。用整齐划一、充满美感的规划，来提醒村民们每时每刻要注意自己的主人翁行为举止，无时无刻不在提醒进入这片宁静港湾的友人和游客，这是一片城市中的后花园，后花园的美丽与静谧静待有缘人欣赏。

走进村内主干道，我叫她"纺织大道"，难道不是吗？虽然这是一条不宽的村道，却在道路两边的墙上挂满了纺织的各项工序名称，如粗纱、细纱、成品、并条、络筒、精梳、整经、印染，还有纺织文化的介绍，等等。一边走一边心里默默念叨，无形当中对纺织企业的产品的了解又上一层楼。同行的村干部介绍，这是因为村里企业以纺织企业为主，村民也大多在家门口的纺织企业工作。为感念来之不易的幸福生活，为感念纺织带给全村人的丰厚收入，村里精心打造了这么一条感恩之路，正如墙体上的文字所说：幸福生活都是奋斗出来的。外行看热闹，内行看门道，只有懂得纺织行业的苦和累，才能理解村民们对纺织行业的深情厚谊，是纺织选择了甘露村，是甘露村给了纺织生存发展的土壤和人文情怀，才能让纺织和村庄发展、村民生活水平同频共振。这个区域面积仅仅一点六五平方公里，人口二千三百一十九人的村落，仅2021年全村实现工业总产值十三亿元，农民人均收入达到五万一千一百四十四元。这样的成绩、这样的拼搏，让她跑赢全国绝大多数村落，给富裕的萧山又增添了脍炙人口、茶余饭后的美谈。

走着走着，一座古色古香的小房子出现在眼前，霉干菜小作坊，配以图文并茂的插画和霉干菜的来历、制作手法，一望便知这是萧山著名美味霉干菜的加工场所。村干部介绍，过去村民家家户户在自家里制作霉干菜，后来村里考虑要打响甘露村霉干菜品牌，提高村级霉干菜品牌的知名度和美誉度，就对霉干菜的每道制作工序、产品标准、制作手法做了指导和引导，将该房子作为一个村民集中加工、制作霉干菜的场所。村里还和萧山的知名酒店、杭州的餐饮集团联系，让他们定期来村里收购质高味美的霉干菜，为爱好萧山霉干菜的老饕提供精准服务，为来萧山旅游、疗养的中外宾客提供地道的萧山味道。这个房子也是兼具产品形象展示、产品销售的实用功能。

走在临河村道，村里两千余米的河道，清水悠悠，鸟语花香，已经成为村民纳凉、交际、侃大山的场所。问渠那得清如许？答案是有专人保洁、有专人管护、有村民自我监督、有引进的绿植每天在水面辛勤地工作，吸污吐纳。有了源头活水，有了监护网络，有了村民的自发爱护，村河不仅美，还美得不可方物，只像一位落入凡间的仙女，在守护着村落、托护着村落。村民们在村河边散步、聊天，构成了一幅怡然自得、宁静秀美的农村日常生活的幸福画卷。

一户一景，这景可不仅仅是村景，更重要的是家景、户景。在村里的家家户户，庭院里都有院落小品，或用老旧的农用、生活用具，如旧泡菜坛子请来美院学生，画上各色趣物，和院中草木相映成趣。更有甚者，购买萧山苗木市场的苗木，常年更换、定期规划，用他们的话说就是："生活过好了，不但要让腰包鼓起来，更要把精神文化内涵提升上去。侍弄花花草草，就是给幸福生活增光添彩，就是给甘露村挣面子、里子。"爱家才能爱村爱乡爱国，村民朴实的话语道出了甘露村文明之处的精神内涵。

全国文明村，文明体现的首先是精神内涵，其次是大干、快干的干事创业激情，再次是村美景美的村容村貌，三位一体，这就是我理解的全国文明村的文明密码、共富钥匙。

幸福源自各"靖"所能

◎倪琴琴

靖江地处杭州湾经济区，北联钱塘，西临萧山机场，是国家级临空经济示范区的核心区、主阵地。成陆初期，这片沙地位于钱塘江河口的南岸边，江潮冲击频繁，江堤坍塌、人畜沦为鱼鳖的灾难是经常发生的事情。民众及地方官吏为祈求潮神保佑而不受"坍江"之灾，在清乾隆十五年（1750）建了"靖江殿"。靖，意为静止、安定。靖江人以此为目标，奋发向上，安居乐业，在静中思变，在变中求新，把"幸福"两字抒写得淋漓尽致。这次靖江之行，仅仅半天时间，但"窥一斑而知全豹"，目之所及，足之所至，刷新了我的认知，第一次涉足这片土地，涌起的幸福感又何曾少？

一、细化管理，洁净无死角

第一站，甘露村。甘露村虽是村落，但错落有致，阡陌交

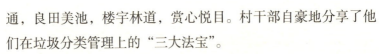

通，良田美池，楼宇林道，赏心悦目。村干部自豪地分享了他们在垃圾分类管理上的"三大法宝"。

垃圾分类是关键小事，也是民生大事。2015年，甘露村就成了省级农村生活垃圾减量化试点村。2019年，该村成功争创了全区首批美丽乡村提升村。这甜蜜的军功章里，又包含着村民多少个日夜同心协力的辛劳？

十八个小组，一个新农村，四十二家中小企业，三千五百七十二名常住人口，如何让人人行动起来，让居民真正明白垃圾分类不是口号，让"垃圾分类新时尚"家喻户晓、深入人心？村干部分享了他们的第一法宝：加强宣传。呼吁党员先行，做好垃圾分类的宣传员和监督员；从娃娃抓起，进行亲子培训讲座；召开保洁员会议，征集和讨论垃圾分类的意见建议；通过橱窗公示、墙绘小品、楼道公示公约、广播宣传、入户宣传等方式进行了全方位、多角度有效宣传动员，用"看得见"的举措，进一步提高居民垃圾分类意识，让居民养成垃圾分类的好习惯。

仅仅一个月时间，垃圾分类参与培训的人员就达到五百四十余人。村民们积极响应村干部的号召，用自己的一小步，换取甘露村的一大片干净，值得！

打铁还需趁热，今年甘露村已更换了搭配智能芯片的垃圾桶，做到农户覆盖率百分之一百，另外还新增了智能垃圾清运车辆，用于分类和清运易腐垃圾。利用物联网、互联网融合技术，运用云平台管理，实现垃圾投放的有源可溯、各类投放数据的实时分析。清运员对每家每户垃圾进行称重时，垃圾桶上的芯片会智能感应并识别用户信息，实时上传和收集垃圾重量数据、积分，同时自动拍照上传垃圾分类情况，实时同步用户垃圾分类信息至村里的大数据系统平台。村工作人员、村民既可通过平台，也可通过微信公众号查看每天、每月的垃圾清运数据，每户家庭垃圾分类积分情况，甚至垃圾的实时照片都可以清晰呈现。科技与监管，双管齐下，既便利又快捷，第二法宝顺利制胜。

有监管更需要激励，这样才有动力。为进一步提升居民参与垃圾分类的积极性，提高分类准确率，切实做好垃圾分类工作，甘露村又开展了一季度垃圾分类积分线上兑换活动。村民可将分类好的可回收物和积分卡拿到集置点进行扫卡称重，然后用产生的相应积分来兑换实物。实物有垃圾袋、毛巾、油盐酱醋等生活用品，回馈虽小，但意义非凡。

正在说话的时间，马路上传来了悠扬的歌声，原来是保洁员的垃圾车正缓缓驶过，如一位将军凯旋，歌声一路欢洒，把洁净还给四方。靠着一个智能称重积分仪，一个扩音喇叭，一个时钟，一张停靠时刻表，一辆收运车，甘露村走出了美丽嬗变的第一步。

二、以智促治，护一方安宁

小城镇环境，"三分建、七分管"。靖江街道集镇面积有3平方公里，集镇人口密度大、辖区单位多，对公共服务和社会治理提出了较大挑战。

站在智慧管理中心的指挥室，随着工作人员的手指一点，大屏幕上画面立刻就转移到了某处街道，清晰的人像立马放大，一举一动尽收眼底。"过去管理一条街至少需要三四个人，如今

只需要一位工作人员在智慧管理中心大屏幕前点点鼠标，就可以管理三四条街。"街道相关工作人员表示，靖江街道的云计算综合性智慧平台，融合了治安防控、道路交通、消防安全、城市管理、应急处理等多个领域。依托指挥中心视频监控系统，靖江可以对集镇路面上的乱停车、乱摆摊、乱占道等各种乱象进行全方位、无死角监控，并由指挥中心"派单"到相关职能部门或以短信形式通知到个人，第一时间做出处理，全程实现智能化。

七百三十三个"天眼"，五个手机MAC采集，四十个无线城市Wi-Fi接入点，三十个"城市家具"物联感知点位，同时还增加了人脸识别系统和物联感知体系。全方位、全天候、全功能的服务管理，使交通秩序得到一定保证，市容更加整洁，市民更加文明，治安更加平稳。据悉，自靖江街道智慧管理中心正式运行以来，乱摆摊、占道经营已得到根本性改善。

街道主要领导表示，接下来，靖江街道将以"智慧+"的方式，积极探索更多领域智慧化建设，加强街道智慧城市公共服务平台功能，实现智慧化的社区、医疗、党建、教育、消防、河道治理等公共服务。

给城市装上智慧大脑，推动城镇精细化管理，让小城镇越来越精致，一个智慧有序的"智慧小镇"正在揭开面纱。

三、增色添彩，靓饰河文化

靖江镇境内有一条牛拖湾，顾名思义，就是牛拖船常年活跃之地。早年，该湾全长有五公里左右。在18世纪前，靖江还是钱塘江南大门时，牛拖湾的旧址只是钱塘江中的一条流化沟。后来，随着钱塘江的潮涨潮落，江塘慢慢地往北移，靖江殿涨起了滩涂，潮起潮落，滩涂愈涨愈高，吸引了许多垦荒人。祖辈开始开垦种地，这条流化沟就成了后人定名的牛拖湾。新中国成立后，党和政府组织维修、疏浚牛拖湾，昔日的牛拖湾成了萧山东片地区南来北往的交通要道，是沟通南北运输的必经之路。

我去时，牛拖湾正在改造。远处，一排排高楼耸立，河岸边，石匠正在砌石条，木匠锯齿下飘逸出的木屑散发出阵阵清香。林间小道蜿蜒曲折，为了不破坏原生态，小道完全依照河边古树的长势而建，牛拖湾改造工程已初具雏形。整个项目将以"牛拖船文化"为主线，通过河道清淤，建设河岸亲水平台、沿河木栈道、喷泉、水幕灯光秀、河岸景观小品等，打造一条具有历史文化的田园生态滨水景观长廊，以良好的水环境为靖

江建设增色添彩，以最美的姿态迎接亚运盛会。

傍晚斜阳西下，牛拖湾边一群垂钓者享受着垂钓的乐趣。放眼望去，河道两侧石砌护岸，绿树灌木映衬，水面在阳光和微风中波光粼粼，成为一道夏日的靓丽风景线。"这里风景好啊，水清树绿，还能钓钓鱼，让人颇感惬意。"村民喜欢来这里走走，看别人钓钓鱼，聊聊天，生活其乐融融。

牛拖湾，一条乡间河湾，也是生活在这里的祖辈们寻梦的地方。如今望去，它就像一出流光溢彩的戏剧，渐渐拉开帷幕。

四、科技助力，进军新征程

去靖江，你一定要去企业看看；去企业，你一定要去杭州万杰减速机有限公司瞧瞧；去这里，你一定要进去走一走，坐一坐。因为，一个外人，难得一次的参观，眼里都是满满的羡慕。

我不是一名员工，却为公司宣传手册上的一句广告语所吸引：杰牌梦想，成就更多幸福家庭！没有壮丽的誓言，却让我深深震撼。

烈日高照下的园区设计，清澈的天蓝色玻璃幕墙，与蓝天白云相得益彰。工作区域是必经之路，偌大的生产车间里，机器人正在自动完成工件安装。过道中，自动驾驶的运输车将零件从智能中央立库运送到智能生产线上。三三两两的工人，在一堆机器当中完全是被忽略的对象。工人只要通过电脑、手机以及AR眼镜，就可以掌握生产设备的运行情况，哪里出了问题，动动手指，一目了然。总经理陈德木介绍，产品线上的工人从过去的二十个缩减到二个。但生产周期却大量缩减，从二至四周减至四小时，综合测算效率提升了一百六十八倍。

在陈德木看来，杰牌传动取得如今的成绩，离不开公司团队的支持。为系统培育精益管理人才，公司启动智造"500计划"，通过智能传动道场，帮助其规划人生目标、设计晋升通路、搭建事业平台。为实现企业和每一位员工的价值，杰牌传动开展了"300工程"，即培养一百名优秀员工，整合一百家优秀供应商，服务一百家优秀客户，以构建产业联盟，实现合作共赢，让员工"工作有情怀，生活有情调，同学有情义"。他是如此说的，也是如此做的。通过创新DNA路演室、员工家庭开放日、感恩有你欢送会、云上杰咖等主题团建活动，最终让员工、客户、股东等满意与幸福。

一路参观，一路前行。书吧、休憩室、展览厅、党群服务中心、餐厅……无不洋溢着满满的人文关怀，无不透露着幸福生活的痕迹。

打造百年杰牌，成就幸福家庭。陈德木说，未来的梦想就是进军全球，转型成为智能传动解决方案供应商，为全球客户做好产品。

一花独放不是春，百花齐放春满园。何止杰牌一家企业，全街道拥有工业企业二百八十二家，其中区级百强企业就有四家，省市区级农业龙头企业九家，国家级良种场一家……奋进新征程，建功新时代，科技助力，让生活更有幸福感。

靖江的七月，天空明净

◎许萍萍

　　车子驶在35℃的靖江街道上。阳光被窗帘遮挡了，想看看街景，便拉开了帘子。

　　忽略掉洒进来的光线及触到脸上的灼热感，就那样静静地望着窗外。街景匆匆而过，我甚至来不及看清店铺名、行道树。但那透蓝的天空和洁净的道路，还有那架似乎要碰触到车顶的硕大飞机却在流动中如停滞了一般，让我印象深刻。

　　"这个乡村看上去干净又美丽……"车里，不知是谁这样感慨着。我不答话，却默默赞许着。

　　没多久，这个感慨便被一个名为"甘露村"的村庄揭开了谜底。

　　甘露村，一个省级农村生活垃圾减量化试点村，从2021年春天起，就开始全面撤掉垃圾桶，实行垃圾分类定时定点投放。同时，也对村民进行了沟通、宣传、激励等工作。在孜孜不倦的努力下，村里的垃圾管理得到了大家有力的支持。当清扫道路、日清垃圾、绿化养护成为常态，成为村民自发的行为，街道怎能净得不纯粹？天空怎能蓝得不透彻？

离甘露村不远的牛拖湾上空，天更是高远明净。无论低头或者平视，我都能感受到那透彻的蓝。

牛拖湾是靖江街道正在改造的一条河湾。当时看到牛拖湾的名字时，脑中闪现的便是一头头水牛，迈着沉重的步伐在河中艰难跋涉，它们身后的船只上，有赶牛的人，有满载的货物。但在我的记忆中，从来都是人摇船，人开船的。小时候，家门口，曾经也有一条用于运输的河流。船只无论载石料、粮食、客人，都由人力控制，从未有过牛拖船的景象。后来一想，这条牛拖湾能用牛来拖船，应该是条浅湾吧，至少牛在工作时，能踏得住河底。但或许，水牛能浮游。带着疑惑，我搜索了一些资料，发现真如我猜想的那样，牛能拖船的河湾，是浅的，并且，河底少淤泥，多沙石。靖江地处沙地，也只有在这里，才能有牛拖船的历史印记。

今年的夏天实属干旱，连午后的短时阵雨也少有。此时的牛拖湾正裸露着河床，只在深处有些水流，看上去更像一处水洼。河道边植了香樟，叶子正值最葱绿，它们映衬在蓝天下，阳光里，熠熠闪光。浅河映出蓝天、白云朵、香樟、曲桥的倒影，无风，波也无痕，它们定格在那里，就如一幅静止的画。

五十年前牛拖湾上的牛拖船，也曾经那样被河水照出过影子来吧。那时候的河道里，有牛的哞叫声，船夫的吆喝声、聊天声，水波的拍船声，像个闹市般喧腾吧。牛拖湾的使命，不仅仅是一条河的存在，更是昔日的交通要道，承担着萧山东片地区南来北往的水上运输。据悉，每一头身强力壮的牛各拖着六只载满米麦、棉麻、农资产品以及石材的货船，在牛拖湾上一趟又一趟地运作。忙碌的时候，整条湾似乎都被船填满了，绵延好几公里，场面蔚为壮观。那也是牛拖湾的鼎盛时期，但，这样的时光已不再重来。牛拖湾也已经从最长时的五公里，经土地修整、疏湾开河、修路造桥等几十年的变迁，只剩下一公里的短程。就像今日，我们站在桥上，就能从牛拖湾的这一头，望到那一头。尽管如此，牛拖湾的名片不能消失，它正在改造中。走过被挖土机挖掘过的泥泞河岸，踏上还未完工的曲桥，望着被干旱吸收了水分的河床，我想象着这项改建工程完工后，会呈现出怎样的新天地来。看介绍，这是一个以"牛拖船文化"为主线的水文化主题公园，将会有水幕灯光秀、木栈道、喷泉、亲水平台等景观小品呈现。到时，置身在幸福的河湾景观中的人们，一定会有人忆起牛拖船的往昔时光吧。

离开牛拖湾的时候，我顾不上脚上沾染的泥土，回望着它的上空，天蓝得透彻，云白得洁净，视觉上真是舒服极了。

当我又一次感受到天空的明净时，是站在"杰牌"的玻璃幕墙前。

所有同行的人，一起被这面巨大的玻璃幕墙所吸引。我望见虚幻的一片天空，是真实天空的投射，却比真实的更神秘，让人有一种想窥探玻璃后面是什么样的存在的新奇感，也让人有着似乎要走入一个无边无际幻影中的兴奋感。

而现实确乎如此。当参观完"杰牌"，聆听完企业家陈德木的创业故事，享用完"杰牌"生活区的午餐后，我相信每一位参观"杰牌"的人，都有一种走进魔幻世界的虚拟感。

这个感觉，来自生产车间里生产线上的机器人，来自自动驾驶的导引运输车,来自十五个主要信息系统和一百条主要智能生产线,更来自创业人陈德木先生坚持"百年做好一台减速机,匠心打造齿轮行业百年企业"的信念所走过的曲折经历和拼搏之旅。

大家都用"震惊"这个词来解读和欣赏这个未来工厂。是"因专业,而杰出"的理念,"先做专、再做强、后做大"的战略以及"成就更多幸福家庭"的梦想,造就了"杰牌"的辉煌,让它具有了魔力。

翻到"杰牌"宣传册的最后一页,我看到了《在专业化的路上走向胜利》这首厂歌。这首降E调的四四拍歌曲,主歌部分有四个四分休止符。看似无声停顿的休止符,在不同的乐曲中有不一样的表现力,有时若惊雷,有时也会归于寂静,同时也会给人广阔的想象空间。那么在这首歌中,它又表现了什么呢?凭借着上过声乐课的一点点经历,我不禁哼唱起来。反复哼了两遍后,我敢肯定这首歌中四个休止符所表达的,是杰牌人热烈、奔腾、敬业的激情,就像歌中所唱:"聚万物之灵,造天地之杰,我们一起走";"团结创新专业,推动联盟发展,我们一起走"——这是一条奔竞不息之路……

走出杰牌智能传动未来工厂,我也如离开牛拖湾一样,回望了一下玻璃幕墙。墙体中映射出的依然是一片天,蓝色的天幕,白色的云朵,还有那如剪影般的婆娑树影。

再仰头望了望真实的靖江街道上空的蓝天白云,忽然意识到,我们已从玻璃幕墙背后的幻想世界中走出来,踏入了七月末的滚滚热浪里。

瞧,又一架飞机起飞了。转瞬间,它便融入靖江透彻明净的蓝天,越飞越远……

郁郁乎文，实干取胜

——在共富与现代化的追梦路上腾飞

◎谢菊利

　　身为萧山南片人，靖江是萧山中我唯一没有到过的镇街。以前在机关时，靖江的老土管员把事情做得井井有条，就没必要去指导工作。远离了机关，这个圆要画满就很不容易了。忽而有一群尚未相识的相同爱好者被组织去靖江，我欣然接受。

　　中巴出了区政府，很快上了彩虹高架，一路迎着东边的太阳，不是高架就是高速，待回到地面公路，靖江也快到了。到后，马上走现场。有一站是正在施工的牛拖湾水文化主题公园。一座有"杭州市文保点"标识的石拱老桥被封闭维护。我们走临时便桥，见到老桥的侧面，石块中镶嵌着四个老宋体双钩大字，"文胜大桥"。根据我的推断，这桥是20世纪六七十年代的建筑。多数人的共识是，论传统文化，当然是萧山南片积淀深厚。东片都是沙地，过去住的是草舍，吃饭都成问题，哪有条件搞文化。但"文胜"二字，激起了我强烈的好奇心。

说在沙地苦，沙地的过去生活真是苦。

自然条件恶劣。沙地，因钱塘江淤沙积地而成名。钱塘潮水壮观天下无，如脱缰野马，桀骜难驯。历史上钱塘江几经改道，经常塌江。"靖江所在的南沙平原成陆于明末清初。成陆后，因钱塘江南岸常受江潮冲击，民众为不受坍江之灾，祈求潮神保佑，于清乾隆十五年（1750）建靖江殿，殿内供奉的是萧山民众信仰的潮神张老相公（张夏）。"靖江因此得名。镇上还有一座清代建造的石梁桥，叫安澜桥，也是愿"其澜之安"而名。从靖江到安澜，当时人们就是盼着钱塘江江水平静，自己能过上安生日子。当然，这两个文绉绉的地名，还是显得有文化的。

生活条件艰苦。高中求学时我就听东片的同学讲过不少生活往事。靖江也在这广袤的东片沙地之中。20世纪80年代之前，普遍住的是草舍。地下水是咸碱的，因为连着钱塘江，靠近出海口。河水因浸泡络麻，长年发黑发臭。到后来，又有印染厂，早年环保净化不重视，水质可以想象。没有自来水的年月，喝水靠天。大雨来临，冲洗草舍面，檐沟水就储存起来，叫天落水。天落水甘甜，是烧茶待客用的上上之水。而沙地人自己是绝不舍得喝天落水的。甘露村河边的围墙上嵌着一块石碑，"天地相合，以降甘露"。雨水即甘露，是天地对人类的馈赠。街道陪同的干部介绍，靖江不仅有甘露村，也有甘露桥、甘露庵，原来还有甘露乡。祈盼甘露，是干渴难耐的人们最现实的愿望，所以有那么多以甘露命名的地方。甘露，也是有点文化味的名字。靖江还有个社区叫花神庙社区，真有花神庙。说花神是附会花朝节，人们爱美吧，也可以。但真正的原因是那里大面积种棉花，倘遇严重干旱，就会绝收。花神庙正是因有女子祈雨成功，为纪念她而建草舍挂画像供奉。棉花连年丰收后，花神庙又扩建。百姓有了钱，自然会感恩。既然花钱办大事，那就请个有文化的先生，来取个文气一点的名字。

改善生活很艰难。南片多黄泥，黄泥是很有黏性的。黄泥、石灰加河道的砂石，夯成泥板墙，这样造出来的房子比较结实耐用，基本上是就地取材。东片的泥沙是砂性土，毫无黏性。那里的人民想建楼房，什么都得从外面买。运输工具主要是船，从牛拖湾经过。湾，原是钱塘江中的一条流化沟，后来涨起海涂，形成一条浅浅的河流。因为以牛为动力拉船行驶，就叫牛拖湾。拉出去的是棉花、络麻、大米、大小麦、海盐、咸菜，拉进来的是建材和生活必需品。

东片人民无比勤劳。不仅经济作物有南片见不到的棉花、络麻，还家家户户种芥菜、萝卜、大头菜，将它们制成倒笃菜、萝卜干等产品。在炎热的夏季，男人们骑着二八大杠的自行车，用竹制大箩筐装着咸菜，到里畈、南片山区甚至更远的诸暨、富阳、浦江等地贩卖。小时候听到"冬菜大头菜，榨菜萝卜干"的叫卖声，我便缠着母亲买一点。我老家的腌水芥菜不耐放，易变酸，要快速脱水晒干，制成干菜。所以夏天，或者贫乏年代的一年四季，家里最不缺的是一碗菜籽油蒸干菜，美其名曰"乌干菜白米饭，神仙听（闻）了要下凡"。没有太多的营养、味觉单一，早就吃得"审美疲劳"了。虽然远来的菜也缺乏营养，但我的味觉总是为之一振，胃口也好很多。直到去宁围工作后，经两个老大伯指点，我才基本懂了倒笃菜即冬菜的制作工艺。沙地沥水性好，坛口封稻草再将坛子倒过来小半

个埋入沙土后水分自然会沥出，在阴凉环境下，空气又被阻隔，故不易酸腐。我好奇地搜索从甘露村到我老家的距离，五十七点二公里，骑自行车需要四小时四十七分。如果一个靖江农民要当天来回，那是没有什么时间做生意的。要么有一只船，装满一船菜，老婆孩子生活在船上，男人踩着自行车去附近卖菜，卖完一船，回家补货再出来卖。要么在附近找一户农家临时落脚。做点小生意也要承受背井离乡之苦。

生活的艰辛让靖江人异常吃苦耐劳，也坚强乐观。两张老照片引起了我的注意。一个留着短发、上身穿着西装的中年男子，挽着裤脚，穿着解放鞋，低头弯腰，用力推着一大三轮车的菜，一根背绳深深地勒进肩膀里，而他手上却点着一根烟。劳作很累，让我深吸一口气，奋力推车爬过这个坡；生活再苦，让我猛抽一口烟，想想也能做个快乐活神仙。一个长得粗壮的妇女，梳着20世纪六七十年代人特有的两根麻花辫，挑着花边。

挑花边是那时农民家庭额外收入的主要来源。这在古代是刺绣，现代就是十字绣，这些叫女红。我是身材高大手指粗不会女红的女生，所以我觉得照片主人公这样的身形也不是天生适合做女红的。但是人家含着笑，肩膀一头搭着一股线，一看就是老手。她含着笑，洗衣、洗菜、切萝卜、掏猪食、扇火炖肉、晒大豆与小麦。这是《大堰河——我的保姆》里艾青保姆的劳作，也是以前靖江劳动妇女的写照吧。生活再苦再累，含着笑去面对，那就是有光有亮有希望。

靖江人民把最大的希望给了教育。翻看《靖江大事记》，第一件便是教育：中华民国二年（1913），创办靖江乡中心国民学校（靖江一小的前身），位于原靖江殿的旁边。1958年8月，创办靖江镇初级中学，学生一千七百一十六人。1980年开始，兴建文化路、黎明路、育才路等。1986年1月17日，甘露乡义南小学教学楼落成，由加拿大籍华人朱大椿资助人民币十五万元兴建。1998年9月1日，甘露、靖江两所初中合并成新靖江初中并异地新建，占地八十六亩，在校学生一千七百一十六人，教职工一百零一人。2000年末，靖江镇成为浙江省教育强镇。这些都是先人一步，规模超前的。教育是靖江的一张金名片。靖江初中中考成绩多年位居萧山区前列，2022年省一级重高上线比例高达38.9%。

无论多穷，保留一息文脉，那也可能星火燎原。国民教育，就像"野火烧不尽，春风吹又生"的原上之草，为靖江的发展做了储备。而人才，不仅是天降甘露，更是源源不断的地下泉水，滋养着一片土地。发芽，生根，抽枝，散叶，发展，壮大，长成郁郁葱葱的森林。郁郁乎文哉，文成靖江！

　　虽然整个社会都在努力改变贫穷落后的面貌，但是落到具体个人头上，也许并不是普降甘露了。有这样一个靖江人，他说"我是很喜欢读书也很用功的人。小时候家里条件差，初中毕业家里就供不起我读书了，我只能自谋生路"。他做过泥水匠，三个月时间里就把泥水工学了个透。去杭州给一位老师家修房子，多修了漏，老师很感激他，又是买烟又是请吃东西，他都没有要。盛情难却之下他要了一本书，《时代的楷模》。老师语重心长地告诉他，人生要有规划，要有目标。

　　小泥水工开始认识到规划与梦想的重要性。母亲也说过："技术学到手，火灾烧不掉，小偷偷不走。"想想机械才是自己的兴趣所在，于是孤注一掷，下定决心学机修。冬天别人在晒太阳，他摸着冰冷刺骨的机器、零件在琢磨。厂里指定一名师父带他，但是他又主动找了三位经验丰富的老师傅，从液压、电气、专机制造等各个环节入手，练成了通才与机修高手。励志的故事少不了坑相伴。竞争最终落在学历、关系、资本上，这些还是盖过了他的技术过硬、能力超强。饭碗与机会，不是靠等待的；饭，也不是靠乞讨与施舍的。掌握主动，自己打造一只不会摔碎的碗，装满好吃的，才是有本事的人应该做的事。巧遇机械厂不景气的1988年，艺高人胆大的他凑了八千元钱，自己办厂，厂名叫萧山甘露减速机厂，创办之初厂房只有一百五十平方米。这位创业之初集厂长、销售员、采购员、操作工与机修工于一身的老板，活成了励志剧中的主角，他，叫陈德木。

　　如今，这家工厂叫杭州杰牌传动科技有限公司，已经是浙江省专精特精小巨人企业、未来工厂，当地闻名的美丽厂区。

大片玻璃幕墙为外墙的厂房像两艘巨大的航母，映衬着蓝天白云，一望无际，犹如在大海里劈波斩浪。

制造业低水平恶性竞争严重，业内都知道制造业一分利，房地产十分利。他说："做房地产我可能默默无闻，但是做制造业的减速机，我可能做到全球前十。"知易行难。想做不一样的事业，没有可以参考的样本。"一流企业做标准"，没有标准就自己建立标准。2018年，经过四年出国考察，陈德木上马工业智能化项目，按照工业4.0的要求，再造"新杰牌"，它由中国的中和之道、美国的战略思想、德国的匠心精神、日本的精益管理共同组成。当时，他的所有下属都无法理解这一新项目，差距最小的也有十年：他从五年后看现在，要求现在怎么做，员工是看五年前怎样努力而取得现在的成绩。2017年，他一年住了三次院，做了两次手术。项目经理换了五任。压力之大，可想而知。

项目建成后，他实施扁平化管理，没有副总，总经理之下就是部门经理，一人管着二十个部门经理。管理学的经典理论告诉我们，一个人最多管理七个人是合适的，而一人管理二十人，除了精力过人外，智能化与优秀的企业管理文化确实发挥了效用。比如物料管理，一件物料，从原料进厂到成品出厂，每一道工序都在电脑上可见可控。大量的自动机械臂投入生产中，工人只要操作电脑就可以。工厂异常清洁，工人穿着干净利落，丝毫见不到传统机械厂的满地油污。《杰牌文化箴言》条理清晰，企业与员工要做什么，怎么做，什么样的心态做，回答清晰明了，拿来好用，便于检验。务实也带来自信和高效。跨越厂区的全自动传输带、巨型工业吊扇、非常宽敞的电梯，里面只要有传动机器，都是自己生产的，用现实做着活广告。产品更是想客户所想，工厂能实时监控机器运行情况，提供预警，减少损失。工厂的效益非常好，亩均年产值三百万元。工作效率也很高，原来要用五千工人，现在只要用一千人，生产效率提高6倍。

无论是减速电机、变频器，还是齿轮箱、减速机、电动机，杰牌所有产品，都有自主知识产权。我们曾经有过一个"洋"的时代，洋灯、洋火、洋袜……产品是发达国家的，机器也是他们的，哪怕用进口机器制成了产品，老百姓的嘴里，煤孚灯依旧是洋灯，火柴依旧是洋火，肥皂依旧是洋碱。百年以后，中国人掌握了核心技术，机器是自己的，产品有自主知识产权，中国的产品也能漂洋过海卖到国外去，中国人也能到发达国家建厂。三层楼高的智能中央立库里挂着一面五星红旗。看到这，我的爱国之情油然而生，也对陈总非常钦佩。什么叫爱国？这，就是实实在在的爱国，实干兴邦！每天，陈总从这里走过，看见国旗，相信也是时时被激励着。也总算理解，为什么杰牌产品外观的颜色，叫星火红。这是和国旗一样的颜色，也像星星之火能燎原。他用朴实的语言与坚毅的行动，很好地诠释了杰牌"因专业、而杰出"的品牌初心。制造业是实业，实业兴国，走得沉重，走得有担当！

陈德木本人非常热爱学习，也求贤若渴，愿筑平台让人才一展抱负。厂内有一间创新DNA路演室，只要有创新的真本事，不论身份高低，都可以来秀才华。这家企业是浙江省高新技术企业，拥有国家认可的实验室、中小功率减速机工程研究中心，是省级企业研究院、博士后科研工作站，与北京大学、浙江大

学、厦门大学等有合作关系。企业力争为供应商、客户、利益相关者、员工、股东带来满意和幸福。共同富裕，就是从一个企业带动一个员工、搞好一个家庭开始的吧！

陈德木无疑已是成功者，也是七万多（靖江户籍人口3.77万人，外来人口3.68万人）艰苦奋斗、实干取胜的靖江人的一个缩影。紧邻萧山机场，融入空港，接轨大江东，扮演着枢纽和桥头堡的角色的靖江街道，是承接上述区域溢出效应最直接也是最丰沛的地方。像杰牌传动这样的代表性企业，在靖江还有不少。

如今，靖江的老百姓生活富裕了，住进了4.0代的别墅式楼房。镇上及周边也开发了不少商品楼盘。河水清了，通的是钱塘江水，水质达到饮用水三类标准。家家户户用清洁、甘甜的自来水。汗水与智慧，让人间处处有甘露。集镇街区的路口，有一座儿童掷纸飞机的雕塑，街道办事处的广场上停着一架退役的"运七"飞机。一片成陆才四百年的土地，放在人类历史的长河里，很年轻。饱受钱塘江塌江苦难并与之斗争了几百年的靖江人民，不仅练就了弄潮精神，也正满怀童年一般的梦想，乘着大飞机，起飞远航！

他的梦想很执着

◎黄坚毅

　　地处沙地的靖江，带着钱塘江宽阔的江面所裹挟的热风，肆无忌惮地吹拂着人们的头发。今年的夏季，更加炎热而沉闷，在七月骄阳如火的烘托下，蓝天如同洗练过一样，让风都在远处躲藏起来。一簇簇的绿树在艳阳下显得疲惫，树叶也开始蜷缩起来。在这个充满热浪的时刻，我们来到了空港小镇靖江，开启了采风之旅。

　　四十多年前，我曾经到过靖江，那时的靖江是一个典型的沙地农村，低矮的草房遍布，偶尔能看到一两间两层瓦房。横过直落的道路和河流，而且河流总是散发着浓重的味道，有车辆驶过马路，便会扬起一股尘土，久久难以散去。几十年过去了，当年的印象一挥而去。如今靖江华丽转身为空港后花园，到处是挺拔的高楼大厦，宽阔整洁的高速公路遍布密织，车水马龙，一片繁华景象，犹如一个发达城市一般，把财富和积累都写在这片耀眼的土地上。

走进杰牌公司整洁干净的厂区，我的双眼被现代化的无人车间、整洁的厂区、满眼的绿化林荫区、整齐规律的厂房所吸引。特别是厂区左侧的那巨型白墙壁上，刻着一个像一把利剑一样的篆体"杰"字，简洁明了，但又意味深长，包含了古代武士剑客的精神象征，神韵俱备，想象丰富，感觉有一种创业家的冒险精神在飘荡。据说，这块巨型墙壁现在成了网红打卡点，许多参观者都在这里合影留念。在走进公司时，随着解说员的视线，我发现在二楼的一面墙上，还挂着几幅书法作品。其中有一幅是"知行合一"四个大字，引人注目，那字体有些抽象和随性，是否也包含着公司企业家在经营中，追求一种古代儒家传统思想精髓，把创业精神和内心修为结合得颇为完美，从而在创业中得到了高度的升华，能够在改革的风浪中立于不败之地。

杭州杰牌控股科技有限公司董事长陈德木先生接待了我们。看上去，陈德木是一个身材不高但很干练的人，透露出沙地人的精明和睿智，说话的语速沉稳，富有条理，逻辑性强，给人以说服力。陈德木在靖江是一个带有传奇色彩的本地人士，他是一个土生土长的靖江人。

他借减速机起飞人生

早在改革开放初期，他以八千元办厂起家的故事，在靖江是家喻户晓的。那时，他没有经验，靠着一股热情，在一个破旧而低矮的车间里，弄来了几台机器，办起了一个称为万杰公司的小作坊型企业。从此，他与减速机结下了不解之缘，减速机成了他的终生追求和精神寄托。

以胆大心细著称的陈德木，借着改革开放的红利，喝到了第一口水，掘到了他人生的第一桶金。他带着万杰公司的团队，在改革的大潮中滚打摸爬，从开始的为国外企业做代工，到自己开展技术研发，拓展市场，扩大规模，走向海外。他的万杰在一步步成长，逐渐站稳了脚跟，也打出了属于自己的一片天地，他们生产的杰牌减速机也走上了快车道。他的麾下也不断在扩军，他拥有了万杰减速机公司、杰牌传动科技公司、科曼萨杰牌建设机械公司，拥有了多个世界一流的技术型产品。他的企业也从一个默默无闻的作坊型小厂，一步步壮大成为国内知名的专业生产减速机的一流大企业。陈德木的信条是要做就要做最好，他自信地说，"我就是最好"。他对企业的工艺设备的严格要求，几乎到了苛刻的地步，特别是在采用先进的技术设备上，他一点都不马虎，也不含糊。公司采用世界领先的欧美进口设备工艺，严格按照行业标准，向国内外客户提供各类优质的工业减速机、减速起重机、减速电机，并把生产设备的销售瞄向了欧美市场，产品出口欧美，与世界同行的巨头同台竞技，互掰手腕，共立规矩，制定规则，从而一跃成为国内"行业整体传动解决方案供应商"的佼佼者。

减速与加速，在陈德木心中，仿佛是一道无解的数学题，并行不悖，相得益彰。减速机促成了他的加速度。陈德木把全部心思扑在了他的减速机上，他做的是减速机，但他的工作信念却是一台加速机，在人生创业历程中，不停地转，不停地工作，不停地创造财富。他一年三百六十五天，连家都很少回，靖江的老家就近在咫尺。

据了解，一般的工业减速机的传动效率在78%左右，这就意味着，电动设备输入一千瓦的电能，但最终能够真正利用起来的只有零点七八千瓦，其余的都在机械传动过程中损耗掉了。那要如何才能解决这个问题呢？陈德木在这方面是下了苦功的。经过长时间的科研攻关，陈德木的团队克服了许多想象中难以完成的困难课题，特别是从欧美国家那里学到了先进的技术，从而提升了传动机的效率。当国内其他产品还在百分之七十八的传动效率中徘徊时，他的杰牌传动效率已达到并保持在95%以上。这样的好处是节能，能够省下百分之十七的能量，成功地解决了传动效率的问题，获得了业界的一致认可。一般的工业减速机的噪声分贝按国家标准不高于七十八分贝，比如像常见的工地上起重机发出的声音，就在这样一个比较合理的接受区间范围，但一般人听起来仍感到比较刺耳。但是杰牌的减速机在运转时所产生的噪声只有五十八分贝，相当于普通办公室内的谈话声音，这样就保障了操作工人的身心健康。这两个方面，正是杰牌公司能够在诸多的竞争者当中能够逆势胜出，取得不断胜利的法宝，促进了公司的快速发展，也验证了技术创新的重要性和必要性。

我们在公司的一个实验室里，看到一台减速机，它几乎是一动不动的。陈德木解开了这个谜团。他指着这台减速机说，这是他新设计的减速机，其实这台减速机正以万分精确的速度进行运转，在一年时间，这台减速机能够转动一格，只有不到一毫米，基本上用肉眼是难以发现的，而转完三百六十度需要一百年。陈德木坚持一百年做好一台减速机，立志成为中国齿轮行业最专业的百年企业。他的目标是紧跟德国制造。他有一句名言，"我们不争五百强，但争活五百年"。这就是他的梦想，他的梦想很清晰，很伟大，也很雄壮。他坚信自己一定能够成功，这就是陈德木成功的经验和启示。

饭局改变格局

当时代的巨轮进入21世纪的第一个十年时，萧山这片神奇的土地上，人们借着改革开放的大潮，展开了想象的翅膀，在市场经济的大浪中奔竞不息，一展风姿，获得了财富和成果。随着经济改革的深入，许多企业经营者都把目光投入另外的领域，他们在金融、房产、股票等领域里大显身手，以最快的速度捞起一桶桶金，打造财富的金字塔。而陈德木仿佛对此无动于衷。

一次，他去参加一个朋友的饭局，朋友问他："你现在有没有搞房地产？"陈德木说："我没有去做。"朋友说："这个项

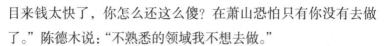

目来钱太快了，你怎么还这么傻？在萧山恐怕只有你没有去做了。"陈德木说："不熟悉的领域我不想去做。"

又一次，也是一个朋友聚会，他去了，朋友问了他一个几乎差不多的问题，"现在大家都在搞基金，你有没有搞"，陈德木又是一脸茫然，"我没有"，他几乎与前一次一样地回答。

他始终认为，一个人不能去做自己不熟悉的事。这样跟风，不一定会成功。而且，从某种程度上来讲，陈德木也是一个认死理的人，他认准了的事，他会不遗余力地去做好，全身心地投入，所以，他也有些傻劲。但正是这种"傻劲"，使陈德木始终立足于自己所熟悉的行业，做自己喜欢的事情，这样不管暂时会遇到多大的困难和曲折，但最终会走向成功和辉煌。专业的人做专业的事，他始终这样认为。

面对社会上一些企业家纷纷投入房地产、金融、基金等新领域去试水，他一方面不为所动，同时，另一方面也在认真思考一个问题：如何让他的杰牌不仅能够在市场经济的大潮中站住脚跟，而且要迈上一个更高更新的台阶，华丽转身，涅槃新生。于是，经过一番思索和规划，他坚定了自己的信念和目标。他决定对自身的企业进行外科手术式的改革，决定"断臂自宫"，对企业进行大幅度的全方位的改革。这一年的国庆节前夕，陈德木让全体员工进行了一次"西点军校"式的残酷拉练，把大家都拉到宁波，进行封闭式训练。在这场耗资百万元，为期七天的"魔鬼"级训练班上，陈德木请来了国内顶级的行业专家，分别为员工上课，灌输国内外最新的理念，分析行业形势走向，剖析杰牌公司存在的各种问题，从而发动员工为企业找毛病，开药方，提出解决之道。

陈德木向广大员工进行立足杰牌、放眼世界的形势分析，指出杰牌公司面临的诸多问题，尤其是从20世纪80年代的星星之火，经过多年的发展，减速机行业在全国已成燎原之势。但由于在野蛮生长的过程中，出现了不按规则出牌的无序竞争，导致行业产能过剩，出现了低端粗制滥造，中端互相模仿，高端依赖进口的局面，说难听点，就是行业的"窝里斗"在不停地发酵。

我们就是标杆

怎么办？陈德木经过深思熟虑，找到了解决问题的办法。首先，他提出了一个目标远大的五年计划，他几乎采用闭关自修的办法。这方面他颇有点像武侠小说中所描绘的那样。也许在陈德木早年的经历中，他对中国的武侠小说有一种情怀，在武侠小说这个成年人的童话中，他能够找到一种灵感和力量。他提出了"没有标杆，我们就是标杆"这样一句口号，认为做企业品牌，中国一流是起步，世界一流才是目标。其次，他提出了以再造杰牌为长期的奋斗目标，对杰牌进行新定位，启动了"杭州品牌、中国品牌、世界品牌"的品牌建设计划，为全球客户做好产品，使杰牌成为智能传动方案的提供商和标杆人。

方向明确了，工作也就有了奔头。在陈德木的带领下，杰牌公司的目标是，坚持一百年，做好一台减速机。这就是他们的品牌意识，是他们立身扬名的最低准入门槛。为了走向更大的国际舞台，成为名副其实的百年企业，杰牌开始加速，公司启动上市计划，积极开拓国际市场，相继在欧美成立交付中心

和分公司。2018年12月，杰牌与阿里云签订战略合作协议，双方宣布将在云计算、大数据等领域开展技术合作，共同打造数字工厂和产品研发，开启了智能工厂、智能产品、智能服务的新征程。杰牌公司从此再一次获得了新生，借着科技的力量，展翅翱翔在自由的天空。

曼德拉曾经说过："征服世界，并不伟大，一个人能征服自己，才是世界上伟大的人。"我感觉到，在陈德木身上，也有着这样一种精神和信念。他不断地与自己进行竞争和赛跑，他在创业的征程中，不停地设计一个个障碍，然后想办法破解，获得重生，他要努力不断地超越自己，战胜自己。正是这种精气神，在激励着他勇往直前，披荆斩棘，把一切困难踩在脚下，满怀信心，冲向胜利的彼岸。

当我们走出杰牌公司厂区的时候，忽然，头顶上掠过一阵轰鸣声，只见一架庞大的飞机从头顶飞过，巨大的轰鸣声带着一阵呼啸声低空而上，直冲云霄。这仿佛预示着杰牌也像带着轰鸣声的飞机一样，呼啸着冲向蓝天，飞向广阔的世界。

传奇靖江（外一篇）

◎陆永敢

靖江，一个熟悉又陌生的地方，一座升腾与勃发的城镇。说熟悉，是因为我的祖籍是靖江，家之根在这里，孩提时代跟着父亲来此地，是每年必需的事，对她的了解与认知，就成为老早的过往。说陌生，是因为经济社会的突飞猛进，改天换地的人间创举，有些猝不及防，让人缺乏思想准备，一切变得有些遥远与生疏。靖江之"靖"，是一种对没有动乱、没有变故的期盼，更蕴含着对这里的祝愿与祈祷。然而，中华人民共和国成立后，尤其是改革开放这些年来，靖江以另一种变故显得不"靖"起来，腾飞与喧嚣，涌动与穿越，有些眼花缭乱，目不暇接。天上飞机翱翔，地下铁乘奔流，杭绍甬智慧高速穿境而过，空、铁、高速联运，立体交通枢纽呈现在人们面前。靖江，以一方异军突起的热土，揭开了她沉淀的过往与令人憧憬的未来。

沧海桑田砥砺心志

历史上，这里是一片受钱塘江潮冲积的平原，属于多灾多难之地。人们不会忘记：这里经历过潮浪之险、坍江之灾、流离之难、失亲之痛。数百年中，因江堤决裂，屋舍毁损、人畜淹亡，灾难数不胜数。人们不会忘记：曾经有一次性淹亡万人以上的记载，场景触目惊心，惨不忍睹。相传在潮灾中尸体合葬而成"十二支坟"。天天鬼哭狼嚎，夜夜鬼火萤闪，成为恐吓哭闹孩子的故事。人们不会忘记：这里曾经是钱塘江"南大门"，后来又变为"中小门"，再后来，变为"北大门"。江道变迁，多少辈人流离失所，承受多少痛苦与煎熬。

有人说，苦难，不尽是负面消极的。有时炼狱般的苦难，会提升人们的意志，成为人们追求成就的精神。正是这种苦难，造就了靖江人。在苦难中练就的生存韧性与柔情，让祖祖辈辈在这片土地上顽强拼搏，生生不息。

历尽千辛万苦的靖江人，始终追逐在幸福与光明的路上。围垦造地，是先辈人留给后人的福祉与财富，包含精神与物质。20世纪60年代、70年代、80年代，五期大围垦中，那战天斗地的场景，人们记忆犹新。赶赴工地时的浩荡，足见千军万马，风烟滚滚，像奔赴战场的队伍，犹如杜甫《兵车行》所云"车辚辚，马萧萧"的壮观。河道上，成百上千的船只，载着男女民工，载着劳动、生活用具，一船连着一船；公路上，步行的、骑车的，拖拉机、汽车尘土飞扬，一场声势浩大的围涂战役拉开帷幕。据记载，靖江人民共出工二点四万余人次，投入十三万余工。在围就的土地上，一千一百九十一户四千四百余人分三批移民，安家落户，开创未来。

为有牺牲多壮志，敢教日月换新天。协议村、东桥村、雷东村、靖东村、和顺村、花神庙村先后有九名壮士，英勇殉职，献身于围垦造地战斗中。他们的名字与故事，永远被人们铭记。

在与大自然的抗争中，风调雨顺是人们的一种祈祷。天意，总不能事事顺遂人愿。大自然给予的一切，是无情的，风不顺雨不调，是常态。新中国成立后，虽然钱塘江治理了，但自然灾害却没少光顾这块地方。人们不会忘记：20世纪80年代末的一个夏天，靖江大地狂风大作，冰雹肆虐，暴雨倾盆，络麻倒伏，庄稼被浸泡在大水之中，多少家庭房屋倒塌，损失惨重。灾难，给人们留下了一地鸡毛，一片狼藉。然而，靖江人民没有被灾难所吓倒，没有哀叹命运可怜，而是凭着坚强的意志，凭着勤奋的根与勇于吃苦的魂，努力着各自的努力，奋斗着自己的奋斗，铺开了与天斗其乐无穷的战场。在历尽千辛万苦中，追逐光明与幸福，重建自己的美好家园。靖江人民，从苦难里走来，在奋进中成就，朝梦想而腾飞。

奋进拼搏开创幸福

始终把对美好生活的追求，作为奋斗目标。靖江人很勤奋、能吃苦。曾记得：在与大自然的斗争中，为了灌溉，没有水泵，就用一种十分原始的、靠两只脚踩的人力龙骨水车车水。为了生存，为了延续，人们乐此不疲。曾记得：对吃水的改善，接过天落水，吊过旱潭，挖过汤锅井，饮过池塘水，直到如今只要水龙头拧开，自来水就哗哗哗流淌下来。曾记得：这里的人们很友善，他们在艰辛中生存，在喜庆中生活。姑娘、小伙定亲办酒席，结婚办酒席，老人做寿办酒席，小孩剃头办酒席，造房上梁办酒席，进屋入住办酒席。每逢喜事，都会宴请亲朋好友，分享快乐与幸福。纯朴民风，一直保留到今天。曾记得：为优化居住环境，从草舍、石墙舍、平瓦房、二楼半楼房开始，到三楼半，抑或联排房，再到眼前的别墅群，前后不过四十多年。人们难以想象的创造力，在短短半个世纪中，实现如此快速的变迁。试问，哪个朝代有？靖江人民铿锵有力地回答：只有在共产党领导下的新中国。

岁月洗不去人们的记忆。靖江人有两个手工艺，在笔者心中留下了深刻的烙印。这足以见证靖江人的勤奋与智慧，艰苦与辛劳。

晒萝卜干，是一项十分辛苦的劳作，是凝聚农人的一种经验积累。在来靖江看望奶奶的日子里，有时也帮衬着干些搬运与洗涤等杂活。从田地里拔回的萝卜，先用刀将萝卜与菜分离，有的农户在地头就将这道工序完成。然后，洗净萝卜上的泥土。接下来就是把萝卜切块，这是工作量最大、最费时、最辛苦的一道工序。冬季时节，天气寒冷，家庭成员全力以赴，男女老少一齐上阵，起早贪黑劳作。掌刀的手起了老茧，扶萝卜的手裂开了口子，许多人双手还生出冻疮。人们习以为常，从来没人叫苦喊痛。萝卜切好后，第一个环节是"廊晒"，蒸发萝卜条中的水分。经过几天风干后，就可以用箩筐或大缸，放入盐腌了。一层萝卜条，加放一层盐，紧紧压实，两三天后，挖出来，晒到太阳底下。这一次晒了以后，就把萝卜条装进坛内，用挂菜棍拄实，坛口塞上稻草，封上泥土，倒置于阴凉处。待到来年春夏季，开坛的萝卜条，色泽鲜艳，香味扑鼻。一冬天的心血与付出，都凝聚在这丰硕成果中。出售后的收入，是家家户户的主要经济来源。萧山萝卜干名声远扬，靖江人功不可没。

20世纪60年代开始，挑花边是靖江姑娘们的一门手艺。她们心灵手巧，十多岁就开始学习。只要生产队不出工，或者干完活回到家，吃罢饭，就正襟危坐，左手一张纸，右手一根针，开始飞针走线。如果整天挑花边，她们会选择便于集聚的地方，南瓜棚下，竹园篷里，各自带张椅子，一边挑着花边，一边交流经验，说些家长里短，偶尔也议论国家大事，忘记劳累，忘记时光，一坐就是半天，成为一道亮丽的风景线。那个时候，一天能挣六七毛钱，或许一元钱，这是一笔非常可观的收入，成为农民家庭的经济补充。家里经济条件尚好的，挑花边的收入，不急用于家庭支出，成为姑娘们的私房钱。人们在辛勤劳动中追求品质、享受生活。那些心明眼亮手脚勤快的姑娘，成为生产队小伙子找对象的首选目标，而姑娘们也在寻寻觅觅中，找到一户好婆家。

文化铸魂开创未来

靖江，和着时代的步伐，在行政区划分分合合、拆拆拼拼中顽强奋进，一辈又一辈，努力着各自的努力，付出着各自的付出，辛勤耕耘在这片土地上。

街道的行政中心，位于机场东侧。广场上的退役飞机，作为一种标志，熠熠生辉，吸引无数眼球。开放日，孩童们顽皮

地登机游乐，欢天喜地，使得临空小镇更显得名副其实。近年来，在空港新城战略的带动下，临空经济发展势头强劲，航空总部、智慧物流、现代服务业欣欣向荣。先后引进了申通快递华东转运中心落户，引进了航空配餐项目，以及浙江航空公司的"凤凰家园"等房地产项目，为靖江产业升级转型、经济结构调整注入新的活力。

迈步进入数字管理智能中心。大厅内，街道一张图，平台一张网，成为街道的大脑枢纽。它像作战指挥部，想看哪个战场就切换哪个场景，让人一目了然。看着有序的交通，整洁的街面，精准的管理，感觉时代进入了一种全新的管理模式。场景切换到垃圾分类，人们呵护家园、洁美家园，成为自觉行动。早年由政府号召，经过几年定时、定点、科学智能管理，村民们已经养成良好习惯，做到全街道上下一盘棋。

凡是过往，皆为序章；所有未来，皆是期待。徜徉在建设中的牛拖湾水文化公园，两岸绿树成荫，河水清澈见底，步道与桥梁正紧锣密鼓修筑中，一些配套设施还披着神秘的面纱。

南沙大地的人工河，或呈南北方向，叫直河，或者东西方向，叫横河。称河流为湾，主要出于形成时的曲折。牛拖湾，就因钱塘江潮水冲刷而成，总体呈西南东北向，其间，还有多处逶迤，湾名因此而来。牛拖船是当年生产力水平的一种见证，一只牛拖一档船，一档船一般为六只左右，载运的物质由远方运来的农业生产资料，化肥、农药、柴油，也有驮向远方产于此地的棉花、黄麻与大小麦。

为留住昨日的记忆与乡愁，连接起靖江的过往与未来，这是借题发挥的一处文化产物。据介绍：如今剩下一公里多长的牛拖湾，将全程打造成水文化公园。届时，其既是靖江人民休憩游玩的胜地，又为外地游客增添了一处旅游打卡地。

笔者伫立于工地遐思远方，遥想那个年代，仿佛看到了牛拖湾上川流不息的繁忙景象，似乎看到了牛拖湾碧波荡漾的涟漪，看到了一档牵着一档的牛拖船在眼前驶过，看到了忠心耿耿的老水牛稳健前行的步伐，耳边似乎还响彻着船夫扬鞭指挥的吆喝声，无论春夏秋冬。

沉思中，一阵风吹来，公园岸上的树枝轻轻摇摆，树叶发出沙沙的亲昵声，似乎是欢歌，又好像是笑语，有欢迎，也有辞送，有祝福，也有祈祷，待到竣工开园时，期待你们再来。

忽如一夜春风来，千树万树梨花开。沧海桑田的靖江，未来的梦想与蓝图，将从这里起航，书写更大的成就与辉煌，奔向新时代的诗与远方。

杰牌文化

两次走进靖江杰牌减速机未来工厂。第一次是早些年工作随访，了解企业发展状况。老总陈德木庄重整洁的服饰，刚毅俊朗的面容，稳健有力的步伐，给人留下了深刻印象。交流中，富有逻辑的谈吐表达，入情入理的困难分析，充满信心的谈论未来，那种严谨的思维与严格的作风，让人深受启发。最近一次，是区作家协会再次进入该公司采风。

杰牌减速机未来工厂，风景这边独好。出入制度，手续严苛，疫情期间，更是加码一层。手机扫码，测量体温是必需的。徜徉其间，整洁宽敞的厂区，无论是在生产车间、装配车间，还是在包装储运车间都见不到几位工人。大数据、云计算、物联网、智能制造、智能监测运用到各个流程，处处遇见未来。

这里是做产品的工厂，还是旅游打卡地？使人有些莫名，刺激许多神经，启迪无限遐想。宽阔高大的立体屏墙，一边一个篆书"杰"字，高高屹立；一边一棵迎客松碧苍挺拔。杰，乃天地之杰，万物之灵，也是企业商标，出类拔萃，寓意深远。我们作为来访者，在此合影，留下难忘的记忆。

2088年，一个相当遥远的时间。然而，在这里，已经标注在发展远景里，它是企业百年的约定。记得一位伟人说过：给我一个支点，我就能撬动地球。杰牌减速机，咬定一个目标，将会勇毅前行。他们把每时每刻的努力，都向这一目标瞄准。企业发展与机械原理一样，在传动中减速，在减速中聚能，在聚能中跃升，走向未来与成功。

　　江山如有德，山木更无私。德木，是一个既有荣耀又具梦想的名字。在汉字里，品德、道德、孝德为德；古时流传，温良恭俭让为德；儒家主张，仁义礼智信为德。而木，可以引申为树，生气勃勃、傲然绽放，伐树为木，充梁为栋，象征才能。木，在金木水火土五行中，不能缺失。同时，木还与工匠联姻，木匠，术有专攻的代名词。德木并用，蕴含智勇双全、德才兼备。

　　陈总没有辜负自己的名字，他爱好学习，勤奋思考。他做事业，认准一条道，专注自己的事，突出杰牌减速机主题。一路走来，经受住房地产业的诱惑，没有被基金投资获大利所动摇，在万花筒般的多元世界里，不迷茫，不迷航，专心专注专攻杰牌减速，不过是迭代更新罢了。

　　他创立的企业文化独树一帜，独领风骚。"要做就做一流，是我永恒追求，我们一起走，产业、事业、家业，共同富裕和谐目标在前，我们一起走。"这是企业之歌中的几句歌词，也是企业老总的一贯追求。

收获的荣耀已成过去，将来的辉煌需要坚守。在这里，致敬员工，致敬供应商，致敬客户，致敬利益相关人，致敬股东，全方位、链条式的感恩与感谢、共富共赢，成为伟业立于不败之地的法宝。为让员工满意与幸福，企业将培养优秀员工，视作第一战略资源与核心竞争力，不忘初心，创办管理学院；为让供应商满意与幸福，推进产业联盟，实现合作共赢，实现工厂、产品、服务智能化；为让客户满意与幸福，以客户价值为导向，匠心制造，为全球客户做好产品，提供优质服务；为让利益相关人满意与幸福，携手同行，打造幸福家园，做到工作有情怀，生活有情调，同事有情义；为让股东满意与幸福，实施先做专、再做强、后做大的战略，实现基业长青。

未来已来，智造未来。漫步在工厂内外，穿梭于公司上下，能嗅到智能与数字的味道，更能体悟到企业文化的软实力。如今，杰牌传动，全面进入二次创业与战略转型期，以别具一格的企业文化，提升自己，引领潮流，在专业化道路上立于不败之地，成为萧山未来工厂新高地。

1986年春节，我与靖江有个交集

◎许也平

大学刚毕业那年，我在县城一所师范教书。在大学念书时，我与同系一位老家在长山盛乐的师弟周立走得比较近。碰巧的是，他与我高中的同学强哥熟悉。强哥没有考上大学，在老家党湾梅西的供销站工作。1986年的那个春节，我决定与周立一起去梅西看望强哥。

正月初五那天，我从萧山南片坐长途汽车到县城的车站，然后坐公交车到长山头。周立已经推着一辆自行车在长山公交站等我。

第二天，我与周立骑着他的那辆二八大杠的永久牌自行车出发了。那时，自行车是稀缺货。我们俩就骑着那辆半新的自行车出发了。一人骑一人坐在后座上，相互轮流骑行。周立长得不高，健壮憨厚，有的是力气，看上去像电影里的钢铁工人。一路上，多数时间是他骑车带着我。

年轻人爱睡懒觉，我们是下午出发的，骑到钱江农场时，天空飘起了鹅毛大雪，我打起了退堂鼓。周立说，既然约好了，就继续走吧。我只好咬咬牙，不再退缩。

那时的路不像现在，大部分是土路。路过钱江农场时，总算骑行了一段石子路。一路东行，到处都是泥泞，自行车骑起来相当费劲，鞋子与裤脚都湿了。

围垦历史短，房子稀稀疏疏的。天寒地冻，家家户户关起了门窗，举目无人。到甘露村时，我们实在骑不动了，只好在路边一户人家的屋檐下停了下来，准备休息一会。

我有些绝望地看着天空中飞舞的雪花。屋里的人听到外面有响动，推开门走了出来，看到我们两个狼狈不堪的年轻人，热情地把我们引进了屋里，送上了热水，问我们遇到了什么困难。我把来龙去脉简单地讲了一遍，主人很吃惊，在下雪天这么大老远骑车来甘露村，他也是第一次见到。"不远了，不远了。"他说。

我说，我是从南片过来的，这里的一切与我们那儿完全不一样，我们那儿都是弄堂、院落、瓦房、石板路。

主人介绍说："这一带是围垦来的，历史短，大部分人是从外地移民过来的。早先，钱塘江的大潮冲击堤岸，常常引起坍方，这里的百姓生活不安全，地是盐碱土，种不好庄稼，收入少。"主人看上去有四十多岁，有些健谈。

主人又说："我们沙地的路都是泥泞小路，中间高两边低，叫鱼背路，一到下雨天很易摔跤，骑自行车要特别小心。村里稍宽点的主路叫机耕路，可以开手扶农用拖拉机，也是泥路，路面常常高低不平。路边一般有一条水渠用来灌溉农田，走路骑车都要小心，不小心会摔下去的，不过水渠只是泥上的深沟，没有石头，即使摔了也无大碍。你们骑的就是这条路。"

机耕路边就有一些农房，房子多是平房，属于砖坯瓦房，间隔着少许草舍（用茅草和芦苇建造的房子），条件稍好的，造的是厢式房子，用石砖混合建墙，上面安放楼板，像火柴盒子那样，这种房子像倒扣的窖池，估计是想建两层楼最后又没有建成（有点像今天的烂尾楼）。

再宽点的路就是汽车路了，是靖江到萧山的主路，铺有沙石，晴天往往尘土飞扬，两车可以交会！路边也多有民房分散而建，也有些两层楼的房子，如果是三层楼的房子，那一般是公家的厂房，或者政府的办公楼。

听完大叔的介绍，我们也暖和过来了，迎着风雪，一路向东，踉踉跄跄地向梅西骑去。

如今，靖江发展日新月异。当年那位接待我们的大叔也该八十多岁了吧。萧山南片因为底子好，柴草没了，可以去山上砍，菜没了，可以在自家地里摘。南片人小农经济头脑根深蒂固，经济发展就没有东片快。正因为南片人的"懒"，保留了很多古建筑，环境也保护得比东片好。这是后话。

倾听飞机的心跳

——行走靖江侧记

◎张　琼

　　步入靖江，就被随处可见的飞机元素所吸引。用飞机做城雕，是靖江的特色，也让这个空港小镇名副其实。

　　"飞机天使"，她款款而来，像美少女一样，身穿华服，身姿轻盈，在一片热烈的欢呼声和期待的目光之中，像个超级明星般闪亮登场了。很多人都在用不同的语调谈论着，她的魅力和影响力远远超乎我们的想象。坐飞机来吧，来到靖江街道，来这里寻找与众不同的生活况味。

　　离机场最"亲"最"近"的靖江，拥抱着"飞机"，正在趁"机"而上、借"机"腾飞。我们在尚未启用的"东方航空"浙江分公司办公楼、空乘公寓前，看见一座座飞机雕塑犹如一团团激情的火焰，迎接着我们的到来。这批"会说话"的艺术品串珠成线，也将让更多人读懂靖江。

　　见证了机场从通航到旅客满员，靖江也随之从空港小镇，蜕变成为产城人融合发展的临空之城。

细数靖江版图内的航空公司，国航、川航、海航、东航等在此百花齐放，这里是重要的交通枢纽和"桥头堡"。

乘坐地铁7号线，在永盛路站下车，直接踏入目前靖江最大的商业综合体——空港新天地。这样便捷的交通，让靖江快速进入TOD时代，使原本功能单一的轨道交通设施，从交通互联、智慧社区、生态共融、密路网小街区等多维度打通融合，呈现出一座蕴含无限潜力、开放包容的未来无界社区。

在漫长的光阴里，一座城，有别于其他地方的，就是浸润在骨子里的一种文化，是一个"里子"的体现，那是什么文化？是航空文化。

"奔竞不息、勇立潮头"的萧山精神在这里有了完美的诠释。当前，正在腾飞的靖江，已经从以传统制造业为支柱的一元产业体系向以航空总部、智慧物流、现代服务业等多元临空

经济业态转变，并逐渐成为新经济、新业态、新产业、新模式的集聚地。

"心性之仁善、敬业之实干"，当我穿梭在福恩纺织的剑杆织机、喷气织机、自动穿经机旁边时，脑中情不自禁地跳出这些词。也许正是因为有着一代代靖江人的仁善、敬业和实干，才铸就了欣欣向荣的靖江。

此时此刻，正在忙碌的工人就如一个个音符，让这些智能化的机器更加神秘动人，布料有灵魂，匠人自用心。福恩纺织就是靖江经济发展的一个缩影，企业家在传统技术与新技术之间的变革中，执着于创新，数字化赋能，实现了全产业链发展。

这座血液里流淌着腾飞因子的临空之城，处处展现出蓬勃的生命力：夏季，最爱有白云的天气，当白云遇见美丽的横河，那荡漾起的清波，宛若摇曳的夏花，经五水共治的河道整治后，更有了文化的浸染，赋予了横河新的生命。草木解语，万物润泽。

在横河边，遇见田地里那辽阔的玉米，总是那么震撼，但它从不争奇斗艳，只是永远那么亲切。这是朴素的靖江百姓辛勤耕耘的成果，也是老一代靖江人扎根之地。

靖江初级中学正在焕发着它的生机，这里时刻都有年轻的气息。这是我父亲的母校，经常听父亲说起这里的点点滴滴，图书馆、风雨操场、教室，培养了一代又一代的中学生，他们在这里学习、积累、厚积薄发，他们是中学的未来，更是靖江的希望。石碑上"根深叶茂"的字样，在阳光下闪耀着亮光。这是新一代靖江人起航的地方。

如果说，靖江之旅是一次飞跃的航班旅行，那么，我们只是看到了她的影子、触到了她的外表而已。

而作为亚运赛事空中门户、自贸区建设主战场、临空经济示范区发展主阵地，靖江正如腾空而起的飞机。

你听，"嗒、嗒、嗒……"，犹如心脏蓬勃有力的跳动声，又如腰杆挺直时骨头缝隙的摩擦声，更如雄鹰腾飞而起的展翅声，响彻天际，展现出无与伦比的精彩。

匍匐在临空之城倾听飞机的心跳，这是靖江与世界的开篇语，"靖善靖美"更将被赋予新的内涵……

小镇在飞机上起飞

◎莫 莫

　　在萧山靖江街头，主干道的两侧，立着两个橘黄色巨型"飞机人"迎接来客。它们呈90度俯冲之势，单脚对立，张着修长的翅膀，头上顶着白色螺旋桨，摆出一个滑翔的姿势，活泼健美，生动有趣。看上去它们俯身的角度和张开的翅膀充满着运动的力量，仿佛在你一个不留神之间它们就会滑走，亮丽的色彩十分吸引眼球。整洁的路面因为它们的存在而显得更富生机和活力。

　　这是小朋友口中站得稳稳的"大腿人"，因为小朋友个子小，"飞机人"着地的大腿对于他们来讲简直就是巨人的大腿，所以"大腿人"是小朋友对它们心爱的昵称；篮球队的小伙伴形容它们是"詹姆斯滑翔"，他们喜欢湖人队詹姆斯这个NBA有史以来最全能的球员之一，并表示极度羡慕他超过两米的身高；官方则宣布它们俩为大靖江威武的标志之一。

　　"飞机人"的设计者是来自中国美术学院的设计专家徐光

勇。他以钢铁的雕塑展示靖江的城市美学，并借以表达靖江人不懈奋斗的厚重的劳动精神；螺旋桨的设计是最大的一个亮点，体现一种自由轻松活力向上的城市氛围；以滑翔的"飞机人"来点明靖江趁"机"而上、借"机"腾飞的愿景和信心。

临空起航，靖江打好空港牌，以飞向更美好的蓝天。东方航空杭州运营中心等的落户，让靖江与飞机结下不解之缘。大街小巷到处可见飞机元素，除了"飞机人"，还有纸飞机、行走中的空姐等城雕和街头艺术品，甚至一些社区入口处，都修饰上了老式飞机模型。

因为西临萧山机场，当飞机从靖江飞过时，朝着落日的方向，站在楼顶上的人最切身的感受是：仿佛一伸手就能摸到飞机！靖江人对客人的欢呼雀跃只觉得大惊小怪。也许对靖江人来讲，飞机已经是靖江的常住客了，彻底融入，成了小镇的成员。靖江人的善良和包容，让这些冰冷外壳的巨兽有了贴心的温度。

最厉害的成员就要数那架引起轰动的"运七"了。靖江有个飞机广场十分出名，在2006年，中国国际航空公司浙江分公司将一架退役下来的"运七"飞机赠送给了靖江街道。这架飞机长23.7米、叶展29.2米、高有8.6米，是在1966年由周总理批准、西安飞机厂参照苏联安-24型制造的，是我国第一代自行设计制造的机型。

"运七"经过涂换新漆、改装机舱座位、添置桌椅、配备新电路系统等手段，如今，它安静地停放在飞机广场上，作为靖江的城标将永久安放在这个地方。2007年正式开放以后，听到消息的人们都赶来看它。每天都有人停下来仔细看它，一边

观赏一边拍照，好像追星一般迷恋。因为人自身没有飞翔的本领，而老百姓里真正能坐趟飞机出门看看的人也不多，故他们对能在天上飞翔的飞机充满了好奇之心。特别是飞机停到了家门口，能摸一摸，他们都感觉到幸福。省市区新闻媒体对此展开了热烈报道，这架飞机甚至在春节期间创下单日万人次参观的纪录。

不管是旭日东升，还是夜幕降下，靖江人早已习惯在饭后去看一看这只已经熟悉得不能再熟悉的大鸟了。它是一架飞机，也已经不仅仅是一架飞机了，作为人们早晚锻炼和广场舞的伴侣和背景，它承载了太多它原来的使命之外的使命。它是一种陪伴，更是一种激励，被赋予了更深刻、更宽广的象征意义。

小镇在飞机上起飞，靖江紧邻机场、融入空港、接轨大江东，注定是一个交通便捷、经济基础雄厚、配套资源齐全、文化底蕴深厚的智慧城市区块。在靖江人的共同努力下，她的飞翔像飞机一样，快、稳、准。

未来·诗吟

靖江三叠

◎涂国文

靖江二幼

一切都是微型的。如同闯入春天的
半亩方塘
碧波荡漾的一池春水里
一群小蝌蚪，快乐地游来游去

那梯田形摆放的一张张小眠床
是夏日层叠开放的小荷叶
叶面上滚动着的小水珠
是小蝌蚪们甜蜜的梦呓

童话屋里，长满矮圆凳的小蘑菇

小白兔，排排坐
听兔妈妈讲述绿色森林里的
彩色故事

连绿植们也被吸引了，纷纷跑来
挤满了教室外的走廊
它们踮起脚尖，趴在窗台上
入神地聆听着

运动场上，布满了微型的篮球架
和微型的球门网
一只只彩色小篮球、小足球
在空中飘动
那是孩子们吹出的梦幻肥皂泡

太平禅寺

额头上的佛、指尖上的佛
因为取消了山的高度，下到平畴上
与众生打成一片
他获得了更多香火的供奉

降下身段的佛，他的螺发与肉髻
沾染着人间烟火气

223

他庄严的法相中
藏有亲人的慈祥

他把取消的石阶，平铺在众生脚下
延展他们的道路与福报
让他们行有春风相伴
寝有明月照耀

他把高处的苍茫，化为前方的金光
他端坐在莲花台上
透过敞开的佛门，看着大地上
飘荡的云朵和翻滚的稻浪

进入禅寺，就像平日造访一个邻居
佛在香火背后谆谆劝诫我们
只要秉持一颗良善之心
众生皆能成佛

德兴蜂业

从事甜蜜事业的人，有着一双蜜蜂的翅膀
他们带着甜蜜飞翔

阳光下，他们忙碌的身躯

在万顷花海，投下小小的阴影

他们在春天搬运芳香
这些从事特种工作的人，沾染上甜蜜的嗜好

天空中白云悠悠飘荡
大地上小河蜿蜒流淌

他们率领着蜜蜂的千军万马
转战在一个花期与另一个花期之间

逮住一匹匹从身边拂过的阳光和风
从中抽出一缕缕蜂蜜

他们敛起飞翔的翅膀，停栖
将帐篷安放在花海中

这时的帐篷就成了一只最大的蜂箱
而他们就成了最大的工蜂与蜂王

他们在帐篷里产卵，育出更多的小蜜蜂
甜蜜的军团越来越壮大

他们取出体内的蜂毒，与蜂蜜搅拌在一起
疗救人的溃败，创造出"东方养蜂的奇迹"

诗两首

◎李郁葱

广场中心的飞机

正好头顶那一架刚刚起飞的飞机
带着轰鸣的影子与它重合，它们
形成了一个循环。在空港小镇的广场
它静止而巨大，像不能抵达的远方
它曾经在天上飞，它曾经
飞到看不见的地方，但它现在在这里
在喧嚣中有着无法感受的寂寞
它封闭：平衡的世界
或者是一道被阻挡了的门？
那些围绕着它指指点点的人，是否
曾经被它运送到了远方？

就像渐渐消失在云层的那一架
有一天它也会被搁置，甚至被解体
而它在这里缓慢地腐朽
也不再发出自己的吼叫，它
成为这广场中凝固的那一面镜子
映照着我们的幻想和生活
在最初的惊讶之后，它就是广场

养蜂人

一

追赶鲜花的人，带着他的蜂箱
从南走到北，又从东走到西
他是一个魔术师，从鲜花中掏出那滴蜜
就像从浮云里掏出了远方
他掏出属于个人的大海，沿着
山脊所蜿蜒出的枯燥轨迹
他认出天际的星辰仿佛那根收缩的刺
一蜇，只是一种保护，但多么徒劳
在这速度里它能够脱离？
隐秘的针，并不能逃避死亡的诗意
甚至没有逃避，只是本能地抗拒

二

选出那些品种，那些能够

给予我们蜜之纯粹的种类

淘汰那些枯竭了的，像是从风中

挖出干旱：鲜花枯萎，而依然能够嗅到

那些蜜的来源。追逐这些盲目的

镜像，这些在破碎中被保全了的

这些卷起我们舌尖和味蕾的火焰

被存储在世代的回望里，我们

对于生活的远眺：一种

沉淀后的暗影，一种综合了的事物

养蜂人的脸如鲜花的开败

我最好的朋友是飞机

——为空港小镇靖江而作

◎谢　君

在某个晴朗的早晨

等待一架飞机

从山区我家的屋顶上掠过

声音越大感觉越好

我想说的是

在记忆中

我童年最好的朋友是飞机

今天

我们再次相遇

在靖江，杰牌控股厂区

一声轰鸣忽然在萧绍平原划亮

似乎心有默契

有些美好永远是相同的

靖江记（外一首）

◎雷元胜

在甘露村
我喜欢听飞机轰鸣

如果能够安排上减速机
我更愿意返程
去牛拖湾走一走

水牛偷懒
蒲草开花

船夫一声吆喝
靖江殿潮神归位
沙地人草舍的烟囱里冒

出缕缕白烟

如果速度可以再慢一些
我更乐意带你去看看河埠头的旧时光

蚱蜢写诗
蜗牛跳舞

白花花的盐装进麻袋
等待风把它一个个提走

未来工厂

我已经接受生活的馈赠
像凌霄花接受阳光和雨露

旧卡片上，写满萝卜干的理想
络麻人在月光下，反复敲打命运的大门

牛拖船爱上飞机
大围涂爱上高速公路

不用石狮开口，我们有了顿悟
我们必须爱世上一切奔腾不息的事物

靖江印记

我们的热爱大于心跳，且大于风

当树叶簌簌落下来
在杰牌路
机器人带着预感无休止地奔波

丝绸画缋的美，叫美轮美奂（外一首）

◎陈于晓

在江南蚕桑之地。丝绸是水的一种
或者就是水的流淌
七彩的岁月，化作颜料的缤纷
洇开在丝绸之上。这颜料
是山水草木的精华。我想把"洇"字抹去
"染、绘、绣、泥金银……"
这些动词的神韵，也许"洇"字表达不了

七十多道工序，贯注的自然是全神
寂寞与孤独，执着与信念
都必须守着。沉静的心，就在天地之间
自在游走。丝丝缕缕的故事
像极了茵茵的草地，那里有杂花生树
有莺歌燕舞，也有人生的漫长与辽阔

素软缎、回纹缎、卷草纹、蝶花图……
光与影的幻，如此纯真，如此烂漫
在丝绸上画画，柔软的丝绸
以及艺人无处不在的呼吸
荡开了色彩斑斓的梦境

有一种沙地风味，叫"霉"

在靖江，或者在沙地
有一种风味，是"霉"做的
记得我的祖母，特别挑食
却对霉毛豆、霉苋菜梗，情有独钟
她说"霉"菜，可口，又很下饭
如同臭豆腐是香的，霉毛豆是鲜的

"霉"也是香的，比如霉千张蒸肉
刚揭开锅，"霉"就带着小翅膀
在热气腾腾中飞舞了
感觉霉干菜烧肉的香会更浓一些
霉干菜的"霉"，被晒干了水分
渗着阳光的味道，再被肉香一浸润
也许"霉"，就是喷香的动词了
最家常的大抵要数霉干菜煮汤
带点咸带点鲜，那滋味简直妙不可言

记得在炎炎的夏日，霉干菜汤
往往成了父亲每日必喝的"茶"

这些年，每当写下"霉"字
笔端常会有一阵"霉"雨飘过
渐渐发现，沙地人所钟爱的"霉"
其实是岁月滋生在空气中的味道
或者，也是人生的某一种况味

杰牌陈德木赋

◎邵 勇

　　自古豪杰常起于布衣，陶朱多兴自草根。将相无种，富贵有因。岁次丁未，美利坚陷泥潭于交趾，反战潮涌；罗布泊爆氢弹于大漠，举国欢欣。是年仲冬，降生于靖江农户，取名德木；初中毕业，致力于建筑机修，任职匠人。以时代楷模为师，书唤新生，立标强技；凭勤学苦干为本，名列三甲，养德修身。单位夸好学徒，转益多师；乡间称土专家，声名日臻。三羊开泰，力款成功之门；一鸿高飞，深扎志向之根。

　　终非池中之物，遇风云而化龙；自是岩上之竹，逢磨砺而凌云。戊辰初春，沿海区域开放，杭州入列；七届一大，私营经济发展，个企迎春。火炬计划，科委牵头；第一伟力，邓公详陈。维修无偿以验技，且待腾飞；借贷八千而创业，岂甘沉沦？找准捷径，知名企业代工；对标一流，杰牌价值探寻。潜心学习，建设生产平台；博采众长，打造专业精神。融我之中和、美之战略于一炉；合德之匠心、日之管理于一门。筚路蓝缕，不断"扩军"。星火燎原，一"技"绝尘。把握核心，自主创新。人生轨迹量化，踏石留印；廿年目标清晰，抓铁有痕。

甲午元日，二次创业；定位重生，归零启航。断尾守宫，浴火凤凰。马行千里，永不止步；轮转无限，朝夕向阳。魔鬼训练，专家讲堂。找病根，开药方。创新者、变革者、引领者，腾笼换鸟；专业化、智能化、全球化，入室登堂。完成转型升级，建减速机领域世界品牌；拥抱数字力量，成智能传动方案提供商。十年一剑，百年辉煌。拓宽挖深，共赢共商。无标杆而树标杆，颠覆过去；仿名牌而成名牌，再塑新装。中国齿轮领袖，共创共荣；亚洲传动专家，做大做强。

戊戌奠基，投资五亿。开放卌载，国庆七十。黄耳报春，白梅献吉。惊险一跃，知天命而改弦；分身多国，拓市场以破壁。力排众议，临阵五换首帅；面向未来，环球遍访良策。启动上市，联合阿里。宽度一毫米，深度一公里。建立战略联盟，完善服务体系。打造数字化，增加影响力。推进精益生产，建设智能厂地。百年减速机，一流新业绩。不争五百强，争活五百纪。"三百工程"，实现平衡发展；六步学习，促进人才升级。

辛丑牛岁，建党百年。信息系统打通，蓝图落地；未来工厂投产，牛气冲天。十五年奋斗转型，合作自研；三十亿产值可现，增效降员。窗明几净，飘无纤尘；高塔机床，劳少人烟。机器换人，设备和产房相通；物料传递，产量与质量齐攀。集大数据于一屏，运筹帷幄；传原材料于一线，调鼎梅盐。产品服务五智能，共创共富；线上线下两平台，互通互联。专精特新，人均产值升五倍；监测运维，交付周期到七天。预警机械故障，不需场检；支持在线操作，实赖云端。开启"云上"之

旅，征程而立；提供模式输出，理念领先。环保绿增色，星火红燎原。小康大同，需扬黄牛精神，甘于奉献；脱贫共富，必树孺犊品格，爱满人间。

未来已来，智造未来。杰牌成功，重在人才。挖掘者、提供者，数据创造；拥有者、受益者，价值升抬。科学家之思维，工程师之能力，新工匠之精神，共富裕之情怀。释放潜能，充电百场；头脑风暴，小酌一杯。成就幸福家庭，打造百年杰牌。

赞曰：

> 一读时模志向新，八千创业岂沉沦？
>
> 代工名企寻佳径，定位重生立令神。
>
> 线上所流传数字，云端之旅仗才人。
>
> 未来智造初成果，五百年华再记辰。

故乡是靖江

◎何建飞

一

小时候

靖江是一个公社

我的家在甘露庵老街

与靖江只三华里路

去往靖江的官界路穿过老街

路边长满一丛丛蒲草

长满蒲草的官界路

也成了一株蒲草

官界路是蒲草的茎

老街两侧的旧瓦房是蒲草的果实

盛夏的傍晚
汽车的喇叭声
轻松战胜鸣蝉
越过连片络麻田或水稻田
钻进檐下翘首企盼归人的人的耳朵里
那是县城来的公交车途经靖江
于是
老街充盈着蒲草薰香的烟火气

躺在桌上纳凉数星星
听妈妈讲牛郎与织女的故事
银河虽迢迢却近在眼前
可靖江的大马路和车站
比天还远
那是个天外的秘境

二

后来
靖江成了乡镇
我背起书包成了读书郎
官界路的两头是清晨与黄昏

早上摆满小摊的拥挤的甘露桥
是夏天傍晚孩童天然的跳水跳台

古朴的小石桥
是途中高耸的关隘
两根大木料平铺的大木桥
每次考验着过往行人的胆量

凋敝的甘露庵里没有师太
隔壁茶馆的喧嚣盖过了
庵里老奶奶们还愿的钟磬声
甚至越过烂麻塘
盖过靖江斜桥头学校的晨读

镇上真热闹
有老街还有跑公共汽车的大马路
还有安澜桥下的图书馆和照相馆
放电影演戏文的大会堂
门口林师母的油墩子点心摊
只是靖江殿与甘露庵一样寂寞

大马路通达的县城又会是什么样

三

鲁迅的故乡在哪里
茅盾的原名叫什么
纽约离杭州有多远

还有很多的陌生都成了熟识
也学会了高唱《故乡的云》

然而
故乡的云已不再是往日的那片
村里的孩童还有年轻的婶嫂
陌生的更加陌生
故知也渐陌生
只有驻足聊起叹一声哦
路上遇到是真认不得了

春风一年年吹拂
官界路成了车水马龙的大道
没有石板路的老街
听不到高跟鞋踩起的回响
茶馆已成为甘露庵的一角
络麻长什么样
烂麻塘作什么用
还有那小石桥和大木桥

带父亲和小孩
坐坐老家门口的地铁
看看机场起降的飞机
这是我的故乡靖江
现在已是热闹的空港

拉着行李箱的空姐匆匆来去

四

故乡往往古老

一旦时尚现代

故乡便成了故事

故乡与异乡之间

就差一张票根

就差一座老宅

就差一条路一座桥一片麻

再加几个故交旧友

还有一声感叹

靖善靖美（组诗）

◎朱振娟

一滴水流入靖江

一滴水从这里出发
从南沙平原到杭州湾经济区
从明末清初的坍江之灾
到水清景美的生态小镇
一滴水穿越了古今春秋

这里有甘露
这里有光明
一滴水在奔腾中
流入了靖江的血液
带着咸咸海风的味道
带着越人开垦定居的执着

一滴水流畅成美丽篇章
非遗在匠心们的巧手中传承
沙地文化在沙地人的笔下
斑斓成中国独特的艺术

一滴水如一面闪光的镜子
照耀着靖江人的义和善
一滴水从这里出发
终究回到了这里
回到生养它的土壤里

春天，我遇见了一个靖江人

那是一个很遥远的春天
遥远到我早已忘了年月
只记着春日里的那一树梨花
树下，我遇见了一个靖江人

她拿着厚厚的书稿
在梨树下独自徘徊
那年她正青春
那年她的梦正圆

春天里遥远的遇见
让我遇到了文学的种子
那一粒粒在春天里期待发芽的种子
那种子遗落在石头缝里
在岁月的摇曳中黯然哭泣

遇见，如一束光照亮了所有
种子发了芽开了花
散落在靖江柔软的沙地上
那里阡陌交通鸡犬相闻
那里等待成就了最美的遇见

花神庙

花神是红裳艳丽的女子
是千娇百媚的回眸
是白衣翩翩的芙蓉花开
她们从洛阳城跋涉而来
走入江南的小桥流水

这里的青山绿水供奉着她们
靖江人建起了殿搭起了台
她们走入庙中
守护着这里的潮涨潮落

广袖轻舞的花神庙
日新月异的空港城
妃子袖间的那朵牡丹
已经盛开在钱江两岸
淤涨成陆的古老土地
将生生不息

靖江，一场速度与激情的大秀（外四首）

◎李志平

这是与时间赛跑的大秀
巨幕拉开，风荡涤起划破天际的乐章
从蒸汽时代到喷气时代
古典乐器奏响了摇滚的激扬
平淡无奇的田埂村落
时代的灯光映照出摩登的星辉
五湖四海的神色
粉墨登场
空中、地面、互联网
交会起一座小镇日益更新的骨架

这是充满着豪迈情怀的大秀
一场思想与观念的变革呼啸而来
三十年改变的是少年青春的容颜

埋藏在心底的种子却依然胚芽吐蕊
年轻的梦想正式起航
未来的模样在巧手中锻铸成章
时间咬合成精密的齿轮
跳动在一片欣欣成长的土地上

在靖江的时空里
我们注定在黎明血液沸腾
像日出时分的航机
划破黑夜飞向朝阳

周记烧饼

穿过隧道
还要再走三里
我只为周记烧饼

烧饼酥脆，豆浆咸鲜
回味总有点甜
油锅前排起长队
竹签挑着的油条在闪光
滚烫的时间悠长

店里无处下脚
老城厢的乡音氤氲

熟人不少
朋友和他七十六岁的父亲在桌边嚼着油条
这时，我想起了我的父亲
在那个满坡野花的林地里
已经静静地躺了六年

国庆记忆

目光从抽屉的缝隙中偷取记忆
那是一张酸枝木镶牙的宁式床柜
是六十年代母亲的嫁奁
那一年的国庆和今天一样
蝉噪声嘶力竭漫窗涌入
我住的小屋
离山崖的绿色荆棘
不足一米
情绪焦躁不安
汗水濡湿我打过补丁的衣领
所有的影像在这一刻穿越
我伸出手去
抓不住的是匆匆闪过的时光

我独坐在风景里

风悄悄退去，湖水洗掉了满目的脂粉

雨水悄悄退去，草地脱下了风尘的外衣

时间静止，天地静止
风景抖落斑斓和喧嚣
那些看见的和心里的繁华
都将成为过去
我独坐在风景里
念一首诗

我在秋天想念

秋天拉住自己的手
放慢脚步
我就在这金色的阳光里
金色的落叶里
金色的麦浪里
慢慢勾勒你的轮廓

在一幅画里安放我的想念
秋的投影
刻入大地无比丰满的胸膛
在许许多多童年的回忆里
在无边无际的光阴里
聆听那些欢笑或悲伤的歌谣

此刻，秋天的想念
比任何时候都要真实
我们就这样凝望繁花锦绣的凋落
我们想要触摸你的灵魂
感受一下同样生命里的心跳

靖江政府大楼前的飞机

◎傅利达

钱塘江的南岸
靖江政府大楼前的广场上
一架退役的大飞机
静静地停泊了二十多年
早已成了
这座空港小镇的地标

飞机旁，高杆上飘扬着祖国的旗
乳白色的机身上喷涂着，邓小平的题字
"中国国际航空公司"
巨大的红凤凰印制在
飞机的尾翼
将吉祥与幸福的寓意
带给靖江

带给南沙大地上
勤劳的人民

朝　阳

一次采风，又见朝阳
教室，草坪，操场
朝阳洒在上面
少年犹如朝阳

一座座古今学人的雕像
散落在校园，注视着每一位
经过的老师，学生
如群星照亮校园

这里是朝阳升起的地方
靖江初中
孕育朝阳的母亲

太阳初升，少年晨读
满目朝阳，满心希望
闭目，默诵
未来的那轮红日
早已藏在少年心头

附:

靖江社区及村名大全记忆口诀

靖东靖南皆和顺，雷东义南总光明；
协谊东桥多甘露，靖港伟南永黎明；
小石桥边安澜桥，花神庙里众神喜。

（10村5社区根据靖江街道办资料编写）

靖江印记

养蜂人

◎张水明

跨越千山万水
携带万马千军
直面灿烂花期
迎来金黄蜜浆

舍下温馨的靖江家
奔波于内地至边陲
露宿田野荒郊
饥一餐饱一顿

人家休闲赏花
看到飞蜂尖叫失色
你们一顶纱帽
从容清棄摇蜂蜜

嗡嗡的蜂声悦耳悠扬
蜇一针笑着吮一下
不小心误入药花地
哗啦啦心碎一地教训深

几十年养蜂累积财富
家家小康不丢创业经
蜂疗文旅发展捷
靖江养蜂人威名扬国外

靖江，精致的小镇

◎ 朱英梅

喜欢蔚蓝
是因为有遨游天空的冲动
飞机冲向云霄
倾诉浩瀚空港的梦想

喜欢酡红
匠心打造齿轮行业百年精品
专业融合智能
铸就享誉全球之品牌

喜欢翠绿
蜿蜒的河道承载着围垦的记忆
水波荡漾映出牛拖船的盛景
田园边回荡着牧童的笛声

喜欢诗意
那一抹斑斓的色彩
洋溢丝绸画缋的精湛技艺
飘逸着富雅细腻

第一缕阳光微照
清晨的露珠透出缤纷的世界
一个精致的小镇
清晰在我的眼中

在"杰"字号"未来工厂"

◎沈国龙

靖江，在"杰"字号"未来工厂"
将传感、光波与世界融合一起的工厂
我们是一种慕名而来的过客

掠过屋顶的飞机，让空气变得生动
在靖江，天宇深邃
在这里，我们行走沉浸于更多联结的互联网平台
感知的内容通过耳麦传输
让我们全方位地触及和互动

轮回的季节与对大时代的凝视
在未来工厂，我们体验着领域边际的延展
一种沉浸，一种体验，一种放松
颠覆了对传统工厂的认知

百年，营造一个属于自己的独特世界
时间的晶体，在伸开的手掌里消融
企业的主人有自己的时间表
飞鸣的箭不再自己

我们走马观花
看硕大的桨叶吊扇，缓慢地一圈一圈转了又转
诠释着减速机的流逝之美
缓慢与飞驰，构成了一种和谐
计算机体系催化下的时间、动力、物质
化作了新鲜的血液
全链地融入了"杰"字的血脉

在百年传承的未来之钟前
历史下课了
看时间，一截一截地将企业之魂凸现
过去在未来等着我们
前方，广袤无垠

靖江采风记之

◎俞沛云

靖江采风记之

百载滩涂始见金，名遐空港惠登临。
围江拓垦雄心远，信手开荒绮梦深。
千涉沙尘腾巨浪，时闻科技报佳音。
条条大道熏风翠，俯仰唯教动感吟。

鹧鸪天·一径清幽曲水东

一径清幽曲水东，画桥试倚暑云空。
牛拖湾水沧桑远，甘露园村清丽溶。
寻往事，道情衷。只惊世事幻千重。
曾经搏浪千夫勇，已化鲲鹏驾御风。

到靖江去上课

◎黄建明

跨越半个萧山
开车去靖江上党课
垃圾分类　五水共治
百年党史　乡村振兴
农民需要什么我就上什么

义南、靖安、小石桥
甘露、光明、安澜桥
每一个村名都非常动听
每一个故事都非常诱人

在义南村上课
上到一半
笔记本电脑罢工
鼓捣了半个钟头才修好

我急得满头大汗
听课的党员干部
却一声不响地等了我半个钟头

一场特别的党课
带着新鲜的泥土味
走进了我的心里